경비원의 사계

경비원의 사계

발행일	2022년 7월 12일

지은이	정인규		
펴낸이	손형국		
펴낸곳	(주)북랩		
편집인	선일영	편집	정두철, 배진용, 김현아, 박준, 장하영
디자인	이현수, 김민하, 김영주, 안유경	제작	박기성, 황동현, 구성우, 권태련
마케팅	김회란, 박진관		
출판등록	2004. 12. 1(제2012-000051호)		
주소	서울특별시 금천구 가산디지털 1로 168, 우림라이온스밸리 B동 B113~114호, C동 B101호		
홈페이지	www.book.co.kr		
전화번호	(02)2026-5777	팩스	(02)2026-5747

ISBN	979-11-6836-389-2 03810 (종이책)	979-11-6836-390-8 05810 (전자책)

(주)북랩 성공출판의 파트너

북랩 홈페이지와 패밀리 사이트에서 다양한 출판 솔루션을 만나 보세요!

홈페이지 book.co.kr • **블로그** blog.naver.com/essaybook • **출판문의** book@book.co.kr

작가 연락처 문의 ▶ ask.book.co.kr

작가 연락처는 개인정보이므로 북랩에서 알려드릴 수 없습니다.

이만선생貳萬先生
산문집

경비원의 사계

풍자와 익살이 가득한
아파트 이야기

정인규 지음

북랩

경비원

경비원이란 직업!
많은 생각을 갖게 한다오
옛날 좀 잘나갔던 사람들도 있고
대기업 정년퇴직하고 일하는 사람들도 있고
나처럼 어중개비도 있고
다양한 사람들이 모여 있다오

경비수칙에 보면
경비원 직급은 입주민 세 살짜리 아이보다 밑이요
입주민 키우는 반려견과 동급이라는 말도 있지
아침 출근할 때는 간도 쓸개도 선반 위에 모셔놓고
출근하라는 경비수칙 1조1항
입주민과는 많은 대화를 말라는 수칙
경비원이 똑똑하면 오래 못 다니고
조금 나사가 풀려야 오래간다는 3조1항

남자들 세계에서

예비군복만 걸치면 본새가 흐트러지는 것이 기본이요

경비복만 입으면 위축되어 조금은 일그러져 있다오

그리고 중요한 건

사주팔자가 이마에 쓰여 있다네

그러니 아무나 못 한다오

이렇게 훌륭하고 군자다운 면모를 갖춘

경비원 많이 존중해 줄지어다

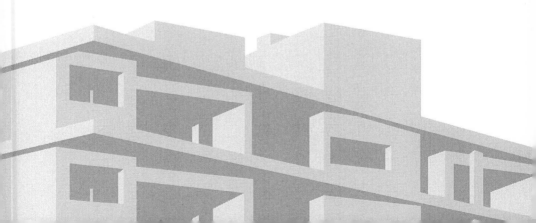

차
례

나는 경비원입니다

경비원은 자신의 고정관념과 습관을 모두 내려놓아야만 오래 근무할 수 있습니다.

신축년 춘삼월 초, 취업을 위해서 아파트 경비원을 뽑는 여러 곳에 이력서를 넣었습니다. 하지만 경비 경력증명서를 제출하라는 청천벽력 같은 조건 때문에 지레짐작으로 포기하고 있었는데 한 곳에서 "3월 며칠날 오후 면접을 볼 수 있느냐?"라고 연락이 왔습니다. 나는 면접이 가능하다고 답하고, 전 회사 경력증명서를 발급받아서 면접 장소로 갔습니다.

면접을 본 후, 이번에도 연락이 안 와서 포기하고 지냈는데, 열흘 만에 연락이 오더니 "대근을 며칠 설 수 있냐?"라는 뜻밖의 제안을 했습니다.

내가 할 수 있다고 선뜻 대답하니까 당장 오후 6시까지 출근해 달라고 했습니다. 전광석화같이 근무지에 도착하니 6시 10분 전입니다. 전화를 받고 불과 30분 만에 홍길동처럼 번쩍 나타난 것입니다.

곧바로 남루한 근무복을 걸쳐 입고 일을 시작하니 조장이 컴퓨터로 여러 가지를 가르쳐 줍니다. 근무지가 정문 상황실이라 컴퓨터를 알아야 한다며 가르치는데 외울 것이 너무 많아 머리가 아팠습니다. "한꺼번에 배우기는 버거운 일이라 천천히 익히세요."라고 조장이 말했습니다.

대근 근무 4일째, 조장이 입사가 정식으로 처리될 거라고 귀띔해주었습니다. 처음에는 그러려니 생각했는데 오후 7시쯤 퇴근하려고 하니 내일 아침부터 정식 직원으로 출근하라고 했습니다.

기쁜 마음에 고맙다고 인사하고 퇴근하는데, 그동안 대근을 서면서 96시간을 같이한 조장이 너무 깐깐하여 정이 안 가더니 그날따라 와이리 잘생기고 인품이 훌륭해 보이는지 이루 말할 수 없었습니다.

며칠 근무하면서 이쪽저쪽 대원들을 두루 만나다 보니 거의 모든 대원의 말씨와 행동거지를 파악했고, 별의별 이야기들도 들었습니다. 그중 하나가 나의 입사 과정입니다.

내가 면접을 본 후, 한 사람이 입사했는데 곧 그만둬서 내 앞에 면접을 본 다른 사람에게 대근을 서 달라고 전화했다고 합니다. 그러자 그 사람이 "내가 대근 서려고 면접 봤냐!"라며 노발대발 목소리를 높였다고 합니다. 그리고 혹시나 해서 나에게 전화를 걸었는데 내가 바로 승낙했다는 것입니다.

지금 와서 돌이켜보면 결국, 말 그대로 신神의 직장을 걸머쥐었습니다. 여기 대원은 총 10명인데, 어떤 조장은 신의 직장이라며 대놓고 떠들어 댑니다. 내로라하는 K대 출신 반장도 최고의 직장이라고 치켜세웁니다. 또 다른 조장은 정문 근무가 체질이라고 합니다.

근무조에 와서 며칠 대근자로 일하면서 경비원들의 비하인드 스토리를 많이 듣게 되었습니다. 한 조장이 코로나 자가격리 후 복귀

해서 같이 근무하니 이분 역시 만만치 않은 존재입니다. 내게 입사하게 된 동기를 부여해 준 고마운 사람입니다. 같이 근무해 보니 네살 아래 친구인데 나름 스펙이 장난이 아닙니다.

여러 군데 문을 두드리다 여기까지 왔다고 합니다. 2달 같이 근무하다 보니 그 사람의 인품과 성격도 알게 되었습니다. 내가 들은 그 사람의 입사 비하인드 스토리가 눈물겹습니다. 과히 나를 능가하는 인생 이야기입니다. 한번 면접 보고 떨어졌는데 조장에게 장문의 문자를 보내서 자기를 채용해 달라고 읊조렸다고 합니다. 자고로 동서고금을 통해서 용기 있는 자가 미인을 차지하는 법이고 적극적인 자가 좋은 직장을 얻는가 봅니다.

당시 K대 출신 경비원하고 둘이 면접을 보고 조장이 자기를 잘보고 입사시켰는데, 그때 조장은 떨어지고 이렇게 탈탈 털어 10명밖에 안 되는데도 별난 사람들이 많습니다.

지금 조장이 처음에 다른 조장과 같이 근무할 때는 늘 머리는 처박고 인상은 일그러져 있으면서 말도 안 하고 소가 도살장에 끌려온 것처럼 하루하루를 보냈다고 합니다. 출근한 지 한 달쯤 되어가던 어느 날, 퇴근 후 집에 오니 그 조장으로부터 전화가 걸려 왔습니다. 밤 시간 화재경보 발생 시 대처를 잘못했다고 전화로 친절하게 알려준 것입니다.

그는 그때 정말 감동받았고 이렇게까지 일깨워주나 생각하니 어느새 두 눈가에 이슬이 맺혔다고 합니다. 나도 이런저런 일로 서너번 전화가 오니 퇴근 후 전화벨이 울리면 깜짝깜짝 놀라곤 했답니다.

하루는 경비실 주변에 회양목 2그루를 베었습니다. 청소할 때 비가 오면 바지가 젖어서 말려야 하는데 경비실 주위를 비좁게 차지하고 있는 회양목들을 없앤 것입니다. 같이 근무하는 반장들은 지저분했던 주변이 너무 깨끗해졌다고 칭찬을 마다하지 않건만, 조장의 눈에는 많이 거슬렸는지 퇴근 후 역시나 전화가 왔습니다.

다음 날 출근하니 딱딱거리는 게 장난이 아닙니다. 나무를 몇 나무나 없앴다나, 동대표가 알면 나무를 심어줘야 하니 어쩌고저쩌고하면서 일어나지 않은 일을 걱정합니다.

그러면서 종량제 봉투를 뒤져 나무뿌리를 확인합니다. 내가 조장에게 "연시 지도까지 안 해도 알아듣습니다."라고 말하니 자기도 멋쩍었는지 넘어갔습니다.

난 보기 좋게 두 나무를 잘랐는데 자기는 기존 나무뿌리까지 내가 다 쳐 버렸다고 생각합니다. 내가 안 했으면 그만이지만 마음이 찝찝합니다.

옛날 중국 고사에 기우라는 사람은 하늘이 무너져 내릴까 걱정했다는 고사성어가 있습니다. 지금은 아무런 문제 없이 잘 보내고 있습니다.

월초 경비원 초소 이동이 있었는데 바뀌는 게 잠자는 시간이라고 합니다. 경비실은 휴게시간 등이 바뀌었는데 정문은 안 바뀌냐고 이야기를 꺼내었는데 순간 불쾌한 반응을 보이는 한 경비원과 언쟁이 조금 있었습니다.

그 후에 그가 자기 휴게시간에 관하여 구구절절 장문의 문자를 보냈는데, 난 확인 후 바로 "OK"라고 답장하고 넘겼습니다.

내가 입사하고 나서 두 반장이 정문도 이번에 바뀌면 바꿔야 안되겠냐는 이야기가 있어서 얘기를 꺼내었는데 자기 혼자 열을 올립니다. 그 후로 서먹서먹하게 지냈습니다.

김 반장과 이야기 중에 근무 형태에 관한 말이 나왔습니다. 그 시간, 조장은 휴게시간을 끝내고 내려와서 이런 이야기를 한다고 하니 월초에 있었던 일을 열 내면서 말합니다.

내가 같이 근무하는 자기네 조장을 속된 말로 많이 씹었다고 합니다. 이를 전해 듣고 그에게 "사람마다 생각이 틀리고 받아들이기가 다른데, 내가 좀 안 좋게 평가를 할 수도 있지. 니가 왜 열을 내냐! 지금은 내가 네게 열을 내고 성질을 내니 숯이나 검정이나, 똥이나 된장이나 똑같은 거 아니냐!"라고 하니 휙 나가 버렸습니다.

그리고 얼마 후 들어오면서 화를 내어서 미안하다고 합니다. 나는 알았다고 답하고 이야기를 이어 갔습니다.

내가 생각하는 것은 누가 조금 쉽고, 힘들고를 떠나서 같이 순환하면 어떨까 하는 생각에 한 말을 곡해하는 것 같아 우스웠습니다. 그리고 두 반장도 우리끼리 이야기할 때는 이게 아니다라고 어쩌고 저쩌고하더니만 막상 일이 터지니 한 발짝 물러나면서 머뭇거리는 모습이 자기와 해당 사항이 없으면 그만이라는 인식이 보이고 나잇값도 못 하는 것 같아 아쉬웠습니다.

아침에 출근해서 입초 근무를 나가 보니 경비원이 휴대폰으로 라디오를 듣고 있는데, 근무복이 아닌 바지를 입고, 모자도 군대 용어로 사제를 쓴 모습이 가관입니다.

직책이 조장인데 조금 아쉬운 말은 한마디도 못 합니다. 경비원

경비원의 사계

들은 옷 한번 새것으로 못 입어 보고 누군가 입던 옷을 입고 모자는 구중물이 배어 희끄무레한 게 더럽고 추잡해서 고귀한 머리에 올리기 민망합니다. 지금도 새것으로 안 바꿔 주니 그대로 착용하고 있습니다.

나 역시 처음부터 남이 입던 옷을 물려받았습니다. 처음에는 아무것도 모르고 입었는데 조금 지나니 여름 하복을 입게 되었습니다. 2달 전 경비원 한 분이 돌아가셨는데 덩치가 나와 비슷한 것 같아 꺼림칙해서 대원들에게 물어보니 그것은 아니라고 해서 안도 아닌 안도를 했습니다.

반장들이 옷 지급 이야기를 해도 저쪽 선임 조장이 부장에게 말 한마디 못 하면서 자기는 사제 모자를 쓰고 근무하고 있습니다. 당연히 옷을 새것으로 지급해야 하는데 회사가 비용이 드는 게 자기 출세에 지장을 주는 건지…. 정말 두 조장이 한심합니다.

요즈음 아침 인수인계 시간에 시간 맞춘다고 못 들어오고 동 주변에서 배회하는 모습이 우리 대원들에게 두세 번 목격되었습니다. 아침 6시 30분에 교대하는데 저쪽 조장이 교대가 너무 빠르다고 말이 나오니 이 지경입니다.

실제로 근무해 보니 입주민, 동대표, 감사 들 중에 유별난 사람이 많아서 늘 말썽이지만, 결국은 대원들 사이의 부조화가 일을 더 힘들게 합니다. 너무 서글프고 아쉬운 인생들입니다. 살아가면서 노랫말처럼 "그리움만 쌓이네"가 되어야 하건만, 계속 불만만 쌓여가는 형세입니다.

그렇다고 경비원끼리만 불신하고 대립하는 것은 아닙니다. 출근해서 컴퓨터 한번 안 만지고 근무하는 날이 있는가 하면, 온종일 컴퓨터, 휴대폰과 씨름하며 진땀을 빼는 날도 있습니다.

정말 경비원 법에 규정된 일이 아닌 일을 할 때가 너무 많이 있습니다. 여기 와서 며칠 후면 석 달입니다. 날마다 출근하면서 초심으로 살자고 나에게 주문합니다.

요즈음 정문 초소에 방문자 통제를 엄격하게 하다 보니 자연히 방문자와 언쟁이 발생할 수밖에 없습니다. 통제하다 보면 별의별 인간들이 다 있습니다. 입주민인데 차량등록이 되었는데 차단기가 안 올라가면 인상을 쓰면서 욕설을 하는 인간도 있습니다.

"쓰발, 문 열어!"라고 지랄하는 인간, 매일 이런다고 기세등등하게 악쓰는 인간. 차량번호 조회하면 등록도 안 된 차량도 종종 있습니다.

진입하는 차량은 가족 친지일 경우도 있지만 둘러 가기 싫어서 아파트를 관통해 나가는 경우가 많이 있습니다.

어떤 훌륭한 입주민은 집에서 보고 통제 없이 무조건 열어 준다고 따끔하게 지적하고 갑니다. 또 어떤 새댁은 인근 아파트와 후문을 같이 사용하는데 옆 아파트 차량이 불법주차 했다고 직접 찾아와 경고장을 붙이라고 친절하게 고발하고 도도히 사라집니다.

동대표는 등록이 안 된 남의 차량을 빌려 타고 야밤에 방문자 전용으로 들어와서 이를 문제 삼아 늦은 밤 시간 경비실로 전화해서 이슈를 만듭니다. 그분은 꼭 이슈의 중심에 서 계십니다. 정말 기막히고 코가 막힙니다. 우리 경비원들에게 때때로 가십거리가 되어줍니다.

해마다 경비원 법이라는 아무짝에도 필요 없는 법을 개정한다고
난리입니다. 하지만 그 법은 경비원들을 전혀 지켜주지 않습니다.

차라리 쓸데없는 법을 안 만들면 경비원 고용 상황이 더 좋아졌
을 것입니다. 오늘도 법에서 규정한 경비원의 업무범위가 아닌 분
리수거장 일, 아파트 내 청소, 관리실 직원이 가지치기와 제초 작업
하면 뒷정리해 주는 일 등으로 너무 힘든 하루를 보냅니다.

경비들 사이에 굴러다니는 명언 중에 '경비는 사주에 나와 있다'와
'경비의 직급은 입주민 세대 세 살짜리 아이 밑에 있다'가 있습니다.

정문 경비실에 있다 보면 층간소음, 담배 연기, 택배, 주차 등등
수많은 민원들이 쏟아집니다. 경비원이 해결할 수 있는 민원도 있
지만 그럴 수 없는 민원은 속된 말로 욕받이가 되어 거센 항의를 받
습니다.

출근길 K대 출신 대원을 우천 관계로 태워서 출근했습니다. 급여
가 입금되었는데 건강보험료가 공단에서 한번, 회사에서 또 한번 빠
져나갔다고 합니다.

네다섯 번 회사에 전화했는데 6개월째 입금을 안 해 준다고 합니
다. 그러면서 "이 좋은 직장, 찍히면 잘릴까요?" 하면서 이야기를 이
어 갑니다.

"네."

나 역시 두 곳에서 보험료를 떼어 갔습니다. 똥이 더러워서 피하
지 겁이 나서 피하냐는 심정으로 처음부터 돌려받을 생각도 안 했

습니다.

입주민에게 많이 당하고 스트레스도 많이 받지만, 경비원끼리도 스트레스를 많이 받습니다. 특히 정문에는 두 사람이 근무하다 보니 더 심합니다. 다른 초소보다 많이 일을 그만둔다고 합니다.

지금은 경비직도 자꾸 젊어지고 있습니다. 신축 아파트 경비원 모집에는 40~50대도 많이 채용한다고 합니다.

정말 힘든 세상! 인생길이 힘듭니다. 우리 인생살이 정말 힘듭니다.

재활용 인생

이른아침 기상나팔
졸린눈은 뜬둥만둥
차려주는 밥상으로
간단하게 요기하고

꿈의직장 근무지로
자동차를 달려달려
인수아닌 인수인계
거룩하게 치루었네

아침입초 거수경례
자동으로 올라가고
이제서야 숙달되어
내얼굴은 철면피요

끼니때는 어김없이
멀지않은 분식집에
제집처럼 넘나들고
지정해준 메뉴대로
알아서들 맞춰주네

우리우리 알바씨가
기특하다 어찌할까
이러하게 어영부영
오후입초 임무완수
저녁나절 램프점등
하루일과 다와가네
이제서야 끝났구나
생각하면 무엇하나
야간심야 화재경보
지랄하고 난리났네
이게바로 우리인생
한탄하면 무엇하리

- 환갑을 바라보면서, 2021년 8월 27일

경비원의 사계

양상군자

경비일도 직장이라
처진어깨 힘드가네
하루종일 어영부영
시간되면 퇴근이라

이런일도 힘들다고
인상한번 찌푸리고
예쁜각시 진수성찬
산해진미 안부럽네

지까짓것 있어본들
일류쉐프 고용했나
어허야아 어하둥둥
따신커피 한잔하고
비단금침 침상위에
고운머리 눕혀서는
이네인생 황금기다
자하자찬 늘어놓네

- 2021년 8월

공자 가라사대

늦은나이 인생공부
머리아파 못하겠네
구구절절 옳은말씀
지어박아 새겨듣고

컴퓨터에 눈을대고
글자찾아 깜박이네
자나깨나 주변정리
사주경계 임무완수!

공부입문 삼사개월
좋은말씀 새겨듣고
확달라진 이내모습
구구절절 칭송하네

경비원의 사계

경비원의 계급

경비원들 사주팔자
이마빡에 새겨있고
군대계급 말년병장
오성장군 안부럽네

인생말년 입문하니
입주세대 세살아이
경비보다 끝발높아
한풀죽고 돌아서네

걱정부터 앞서네

한여름의 제초작업
뒤처리에 몸살났네
경비업무 아닌데도
관리소장 명령이니

쓰발쓰발 하면서도
갈구리에 빗자루에
리어카에 마대까지
한여름에 목탈까봐
얼음과자 공수하네

여름지나 가을오면
주변낙엽 어찌할꼬
대한민국 금수강산
울울창창 하여건만

경비원들 놀까봐서
단지녹화 하였구나

초소에 홀로 앉아

여름철 장맛비에
천둥, 번개 쳐 대더니
비는 장대같이 퍼붓는데
강한 비바람에 오뚝이 굴러가네

모두 다 잠든 시간
화재경보 비상경보
시도 때도 없이 울려 대고

어중개비 있는 줄 알고
니 식겁해 봐라 하고
비웃는 것 같네

화답시

나 자연으로 돌아가
푸른 산을 바라보면
그 정취에 취해
막걸리 한잔에
산천초목 금수강산이 부러울까
이내 맘을
감출 수가 없구나
바람이 불어 구름이 나뭇가지에
걸쳐 있네

그 풍경이 너무 좋아 술독을 휘휘 저어
바가지로 한 사발 하니
세상사 근심 걱정도
부러움도 없어지누나
네 이곳이 좋아
자연과 더불어
친구 삼아 시時나 읊으면서
지난 시절 회상하면
살아가리라

- 이만선생貳萬先生 부인 드림

명품 아파트

두어군데 다녔건만
간곳마다 명품세대
관리소홀 무단방치
지적하고 가르치네

지사는곳 명품일까
자기자신 똥품이네
지잘난맛 사는인생
듣고나면 헛웃음만

걸어가는 입주세대
왜저렇게 도도할까
지적해준 훈계지시
각동초소 전달하네

- 2021년 8월

동대표

일백세대 동대표님
권력이라 남발하네
주차단속 환경미화
조목조목 지적하네

○○세대 젊은새댁
경비실에 찾아와선
외부차량 불법주차
사진찍어 보여주네

요즘세상 너무똑똑
두통치통 재발하고
경비본분 잊지마라
지적하고 가버리네

나간정신 가다듬고
해당초소 연락하여
초경고장 부착지시
빡빡눌러 기분전환

- 2021년 8월

3월 18일

이내인생 환갑줄에
신체발모 수지부모
부모님께 물려받은
백발머리 염색했네

집에계신 각시말은
성질까지 내면서도
동창모임 주변인들
머리염색 권했건만

또이놈의 성질머리
일편단심 섬기면서
자연으로 살다가자
맹세아닌 맹세하고

하나님전 부처님전
맹세하고 읊조리고
경비업무 입주민들
봉사위해 단행했네

와상머리 백발노인

예전모습 어디갔소
내가봐도 우습구나
백발노인 어디가고

젊은총각 뉘였더라
주변인들 깜짝놀라
물어보고 물어보고
난리났네 난리났어

- 2021년 춘삼월

이만선생 貳萬先生

동생이 모친 모시고 올라와서
이런저런 얘기 끝에
"오빠 이만선생이 뭐고?" 묻네
"이만선생은 오빠 아호다!" 하니
그 뜻을 되묻는데

구구절절 설명한다
하루용돈 이만원이
이오라비 아호라고
옛날에는 일만선생
먼훗날은 삼만선생

모친께서 우리차남
똑똑하다 칭찬하네
이래웃고 저래웃고
화기애애 우리가족

- 2021년 8월

* 잘못해서 화기애애를 화기애매로 쓸 뿐했다.

신축년 결의

1. 절제된 생활
   (지나친 음주가무, 과식, 말, 행동)
2. 배려하는 인간
3. 부인에게 잘하기
4. 대원들에게 존댓말 쓰기
5. 이력서 제출 안 하기
6. 초심을 잊지 말자.

삼국지의 도원결의
울고 가고 할까마는
이 범생에겐 극한 격문일세
지키지도 못할 맹세
작심삼일 비웃더만

벌써 반년 쏜살같이 가버렸네
살아생전 조모님이
야~ 이놈아 심부해라
하시던 말씀을
이제야 환갑줄에 지키는구나

할매 예전에는 몰랐는데
이제야 손자가 정신을 차렸구려
내일 모래면 추석이오니
그때 찾아뵙겠습니다

경비원입니다

안녕하세요
경비원입니다
야간에 어쩔 수 없이
경사지, 곡각지 이중주차
하셨더라도

항의 민원 때문에
오전 9시까지는 불편해도
이동주차 부탁드립니다

아침의 임무수행
완수하고 돌아와서
따뜻한 커피 한잔 하고
스위트룸 찾아든다

사자성어

사자성어 좋은말씀
넘쳐나고 넘치는데
불법주차 주차단속
흡연민원 층간소음

세대연락 자제요청
화재경보 출동명령
방법경보 비상경보
고장신고 자동복구

안심유도 입초근무
비상해제 문서전달
램프점등 램프소등
하루일과 끝나가네

경비원의 봄

봄, 얼마나 감동적인가?
모든 생물이 움트고…
이런 상상은 그만두라고
경비수칙 5장에 있는 말씀

입주 세대 부녀회원
꽃단장한답시고
애꿎은 미화원들
불러들여 꽃을 심네

입은 씰룩쌜룩
한숨 소리 나는구나
그다음은 경비 소관
매일매일 물 주라네

자기들은 성취감에
도취되어 웃음 남발
끼리끼리 희희낙락
허기진 배 채우려고

시장국수 먹으러 가네

경비원의 여름

여름은 우기철이라
비가 잦구나
동대표 하명 전달
현관문 개방 지시

노후화된 입주 세대
화재경보 남발하고
지하주차장 물 고인다
세대 민원 속출하네

재활용장 한번 돌면
단벌 바지 더럽히고
음식 물통 수박 껍질
차고 차고 넘치구나

이놈의 여름 언제 지나가려나
남들은 계곡으로 바다로 떠나지만
어중개비 퇴근하면
방구석만 맴도는구나

여름에는 제집이 최고다는
부인 말씀에 장단 맞추고
지 못난 거 숨기려고 얼굴은 온화하게
용필이 형님 노래 '여행을 떠나요' 틀어본다

경비원의 가을

가을낙엽 태우면서
가늘낙엽 밟으면서
주옥같은 시와글도
우리에겐 다쓰레기

느티나무 벚나무가
왜이렇게 무성한지
쓸고쓸고 또쓸어도
돌아서면 다시수북

그러다가 동대표놈
지나가다 보고가면
관리소장 바로전화
낙엽청소 안한단다

우리나라 금수강산
산림녹화 되었건만
에고에고 몹쓸나무
베버리고 싶어지네

왜이렇게 나무심어
경비업무 부담주노

경비원의 겨울

발이 꽁 꽁 꽁
손이 꽁 꽁 꽁
겨울 입초 못 서겠네
겨울 칼바람에 귀가 아리구나

겨울 잠바에 털귀마개
방한마스크 완전무장
장갑을 끼워건만
손끝이 아리구나

그래도 거수경례
자동으로 올라가고
사십 년 전 군대 짠밥
손 얼어서 못 먹던 기억

아련히 되살아나네

합동 대청소

경비원 합동 대청소 날
각 동 초소 대원 속속들이 모여드네
20~30분 일찍 와서
반상회 겸 수다 떠네

수다엔 남녀노소가 따로 있겠냐만
험담 섞인 대화 속에
웃음꽃도 남발하고
이렇게라도 웃으면서 흉금 없이 토해내네

단지 청소 임무 수행
완료하고 초소 집결
아이스크림 하나 먹고
신세타령 날아가네

이게 우리 인생
험담 좀 했다고 욕하지 마소
이것 또한 지나가리라
원망은 하지 않소

나이를 세어 보니

내 나이를 세다가
중간쯤에 잊어버렸네
그냥 덧없이 흘러간 세월
한탄하면 무얼 하나 마는

공자 형님께서도
냇가 둑 위에서
흐르는 것은 이러하구려
주야를 쉬는 법이 없으니 하면서
한탄을 했다지

이렇듯 인생이 환갑길에 오다 보니
많이 살았는지 적게 살았는지 헷갈리네
마음은 청춘인데
세상은 외면하고 천덕꾸러기 취급하네

요즈음 경비원들 나이가 40~50대도
많이 진출했다네
나훈아 형님 노랫말처럼 세상이 왜 이래
눈물 많은 나에게

이렇게 인생은 흐르는 물처럼
흘러만 가네

- 2021년 8월 말

왕거미

홍길동 입주민
외출하면서 전화 와서
받아 보니 집에 애들만 둘 있는데
거미 때문에 울고불고 난리 났다네
한 시간을 울었다 해서
아이고 알겠습니다
곧 출동해서 조치하겠습니다
하고 전화 끊었네

3초 K 반장 출동하여 인터폰 왔네
거미를 잡았는데 너무 커다 하길래
잡아 오라고 하니 이미 죽은 목숨이라네
이렇게 임무수행 하고 나와
전화가 와서 받아 보니
가 보니 거미가 안 보여 물어보니 천정 쪽을
가리키면서 찾는다고 눈을 부릅뜬다네
거미는 너무 작아

아동인 줄 알았던 애는
여 중학생이라네
아이고 머리야 하마터면 119까지 출동할 뻔했네
왕거미로 출동한 건 6·25전쟁 난리 나고 처음이네
입주 세대 연락 와서 받아 보니
아이고 고마워라, 칭찬이 자자하네
조금 있으니 아이스크림까지 사 와서
위문 방문까지 하네

불법폐기물 1

일천여 세대 되다 보니
폐기물도 많이 나온다네
어떤 세대는 바로 신고
또 다른 세대는 신고 없어
CCTV 확인하네

또 다른 세대 신고하고
하루 이틀 기다려 보자 하네
이러면서 질질 며칠 끌고
또 다른 알뜰 세대 돼지까지 잡아 동전을 주고 가네
여기가 동네 구멍가게도 아니고

정말 살다 보면 별의별 사람들이
다 모여 산다네
이것도 살아있는 참교육
나는 하지 말지어다

고지서

각종 게시물, 고지서
부치는 것도 많네그려
수요일마다 붙이는 각종 게시물
시도 때도 없이 나오는
그때그때 게시물

매월 23일 나오는 관리비 고지서
어쩌다가 우리 할 걸
저쪽 조에 넘어가며
이것도 횡재라고
얼굴에는 웃음 만발

숙원 사업

(단칸방에 새 씽크대를 설비하다.)

단칸방에 주방없어
일류쉐프 울고가네
요리솜씨 일류지만
부대시설 미흡하여

열악조건 생활에도
상다리는 휘어졌네
여태까지 내생각만
초지일관 했건만은

공자형님 맹자어른
공부입문 오륙개월
달라진게 있어야지
명분서고 칭찬듣네

- 2021년 9월 3일

입사 동기

이력서를 넣었는데
경비경력증명서 제출하라네
그래서 포기하고 지냈는데
삼일지나 경력증명서 등본 가지고
면접 날짜 알려주네

정해진날 면접보고
열흘동안 소식없어
생각없이 지냈는데
열흘만에 연락온게
대근근무 서달라네

일언지하 만사OK
지금바로 출근하니
조장님이 좋아하고
컴퓨터에 업무숙지
현장투입 업무실행

이삼일 출근하니
조장님께서 잘 봐주시어

내일부터 정식 입사로 처리되었다 하네
아이고 고마워라
하나님 전 조상님 전에 감사하고
이게 다 임기응변
적극적인 사고방식이라 자화자찬 늘어놓네
만년 백수 탈출하고 처진 어깨 힘들어가네

경비원의 사계

형제 싸움

○○○동 입주세대
경찰출동 난리났네
부모님이 돌아가니
재산문제 불거졌네

출동경찰 욕설파문
옥신각신 경비출동
큰형님은 술잡숫고
경비실에 찾아와선

횡설수설 업무방해
이러시면 안된다고
설득하고 다독여서
천신만고 내쫓았네

인간세상 다있는일
험담한들 무엇하리
이것또한 경비업무
무궁무진 끝이없네

- 2021년 9월 5일

입초 근무

비가오나 눈이오나
엄동설한 폭풍한설
기상조건 악천후도
입초근무 열외없네

비오는날 우산쓰니
거수경례 생략되어
이것또한 기뻐할일
좋은점도 있네구려

살다보면 아주작은
소소한일 만족하면
고관대작 부자양반
부러울게 뭐있겠소

(비 오는 날에 쓰다.)

초소 이동

네달마다 단행되는
경비원들 초소이동
각동초소 유불리를
따져본들 무엇하나

한곳초소 백담사라
조용하고 간섭없네
다른초소 너무휜해
입주민들 보고가네

또한초소 정문지원
입초서니 짜증나네
이래도 하루일과
저래도 하루일과

많이하고 적게하고
특별한게 없건만은
그럼에도 유불리를
따져보는 우리인생

인생을 살다 보니 1

인생을 살다 보니 알겠다
세상일은 자기 뜻대로 안 된다는 것을
세상을 살아보니 알겠다
세상일은 그렇게 수월하지 않다는 것을

청소년기는 부모님 선생님이
아무리 교육해도 늘 삐딱선을 탔고
성년이 되어서도 직장생활 하면서
자기 위주로 경제권을 쥐고 객기를 부리고
또, 그 아들딸도 결혼해서 애들 키우면서
말 안 듣는다고 공부하지 않는다고 나무라고

살아 보니 알겠다
이렇게 인생은 도돌이표 인생이란 걸
다시 그 애들이 어른이 되면
또 반복된다는 것을
공자님이 이립이니 불혹이니 지천명이니 한 말을
환갑질에 와 보니 알겠다

이제 곧 이순耳順

예순 살에 귀로 들으면 그대로 이해되었고

칠십종심이라 했거늘

남은 인생 지금부터라도

조금 근사치는 따라가야겠다고

지키지 못할 다짐이라도

다짐하는 그 자체에 의미를 두고 싶다

벌초

벌초 대행은 조상님들의 이발소!
이 말도 30여 년이 지난 것 같다
옛날 70, 80년대도 문중 벌초하면
많은 문중 사람들이 모여 벌초를 하고
중국집에서 짜장면 먹던 기억들

이제는 아련한 옛날
몇몇이 겨우 모여서 늘 오는 사람 몇이 벌초를 한다
평생 안 와도 그 사람들도 잘들 살고
해마다 와서 벌초를 하는 사람들도 잘산다오
벌초 시즌이나 묘사 시즌이 되면

문중 사람들이 많은 쪽이
동네에서 50점 잡숫고 들어간다오
나머지 쪽수 적은 씨족은 '오메 기죽어'고
이렇게 살아온 적이 30~40년 전 얘기
지금 자라는 세대들은 조선시대 이야기

세상은 변했건만 그래도 옛 시절이
좋은 이유는?

명절 선물 1

설날추석 명절선물
사회약자 기죽이네
좋은직장 부서장들
바리바리 손에들고

어깨힘이 들어가면서
현관문을 들어서네
옆집세대 기죽어라
신세한탄 부지기수

80년대 초반에는 설탕도 선물 측에
90년대 선물에는 생활용품, 참치 선물이 대세였지
요즘에는 고급 한우 세트, 건강 세트가 득세하네

옛날에는 구두 상품권 어디서 한 장 받으면
왜 그리 기분이 째지고 잠도 안 오던지

이것 또한 까마득한 옛날얘기
내 손에 현금만 조금 쥐어다오

좋아하는 소주잔에
세상 시름 잊고 파라

- 2021년 9월

인생을 산다는 게

인생을 산다는 게 너무 힘들다
이래도 힘들고 저래도 힘들다
빨리 걸으면 경박스럽다고 뭐라 하고
조금 느리면 나사 빠졌다고 뭐라 한다
조금 남들보다 처지면 능력 없다고 뭐라 하고
조금 잘살면 부모로부터 물려받았다고 뒤에서 수근거린다

살면서 늘 인생은 비교 대상이다
옆집 똘이 아빠는 대기업에 다니면서 월급이 얼만데
누구는 차가 외제차인데
콩쥐 엄마는 명품가방을 들었는데
사사건건 불만투성이다
젊었을 때는 그래도 객기도 부리고 살았건만
나이를 보태면서 점점 순둥이가 되어 간다
이게 남자의 인생이다
군대 말로 졸병 때는 뺑뺑이 돌고
고참 때는 뺑뺑이 돌리고 돌고 도는 인생이다

시쳇말로 60대면 배운 놈이나 안 배운 놈이나 같고
70대면 가진 놈이나 없는 놈이나 같고

80대면 산 놈이나 죽은 놈이나 같다는
굴러다니는 명언이 있다
재미있는 인생이다
그냥 세상일이 그러더니 생각하면서
내려놓을 것도 없지만 내려놓고 살자
인생 별거 있더냐! 그냥 흘러가자

젊은 세대들에게

세상이 왜 이래

열심히 공부해 대학까지 졸업했건만
대기업 중소기업 취업문은 좁아지고
쏠리는 곳은 공무원 시험뿐이네
하는 일이라곤 알바 아니면 택배

부모 입장에선 허리가 휘도록 뒷바라지에
지극정성을 쏟았건만 안타깝고
3포 시대(연애, 결혼, 출산 포기)에
6포 시대(인간관계, 내 집 마련, 취업 포기)를 넘어
꿈, 희망을 더해 7포 시대가 도래했네

이게 젊은 친구들이 잘못인가?
60, 70년대는 자기 먹을 것은 자기 숟가락을 타고 나왔지만
베이비붐 세대라고 없는 살림에도 살아갔건만
요즈음 젊은 세대들이 우리들 세대보다 더 불쌍한 건
다 기성세대 탓이요

젊은이들이여 하늘이 무너져도 살 구멍이 있듯

너무 실망 말고
앞길을 개척하시오

- 2021년 9월

신축년의 추석

온 나라가 코로나 바이러스에 굴복하네
2년여에 걸쳐 마마와 씨름했건만 끝이 보이지 않네
초상을 당해도 문상도 통제하는 세상이 되었네
인륜지대사 혼인에도 축하객을 막는구나

추석 명절이라 가족이 모였건만
식당은 영업제한
공원묘지는 아예 통제
오늘은 마마가 창궐하고
내일은 마마가 쉴 것인가
이놈의 마마는 시간 따라 득세하는구나

옛날에는 시골 촌집에 모여
제사를 지내고 도란도란 모여
식사를 하고 화기애애 즐거웠건만
더도 말고 덜도 말고 한가위만 같아라는 말은
옛말이 되어버린 지금

그래도 추석이 그립다

- 2021년 추석

휴대폰 알림소리

휴대폰 카톡 소리
문자 들어오는 소리
각종 기계음 소리 중에
은행 대출 이자 날짜 알림소리는
늘 이른 새벽에 오는지

대여섯 번 울리는 소리에 놀라 잠을 설치고
조마조마해진다
이놈의 은행 대출 이자 날짜 알림소리는
공휴일도 없이 울려 댄다

너무 부지런하다 못해 경이롭기까지 하다
정말 기특한 놈이다
며칠 후 돈이 빠져나간다 생각하니 가슴이 답답해 오고
이런저런 생각에 잠을 설친다

열심히 살아도 나아지는 것은 없고
느는 것은 은행 빚뿐이고
생기는 건 흰머리밖에 없구나
힘들게 사는 세상 좋은 날이 오리라 생각하면서
늦게나마 잠을 청한다

- 9월 어느 날 새벽

꿈

꿈만 꾸지 말고 닥치는 대로 살자!
는 인생의 좌우명
나 같은 범생이 이 고귀한 단어를 쓰기는
많이 부담이 되지만 그래도 감히
좌우명으로 삼고 살아왔건만

나이를 세어 무엇하리
나는 지금 오월 속에 있다는 어느 소설가의 독백처럼
나름 열심히 살아왔건만
환갑줄에 서너 평 남짓한 단칸방에
바리바리 박스 세워 놓고

활동공간 없어 겨우 둘이 피해 다니는데
집구석에는 애기 울음소리, 사람 북적대는 소리가
크게 들려야 잘된다는 옛말처럼
이 공간에도 문지방이 닳도록 넘나드는구나
다음에 큰 집에 살게 되면
큰 거실에 확 트인 주방 시설 부인에게 꾸며주고
일류 쉐프 산해진미 소주에 회포 풀면

또 다른 나의 공간
흘러간 LP판에 좋아하는 노래 들으면서
은은한 조명 아래 멍이나 때리면서
한편에 작은 서재 한 칸 마련해서
책장엔 어려운 논어, 맹자 꽂아주고

살아 보고픈 꿈이지만
이놈의 터널은 끝이 보이지 않는구나
오늘도 입초서면서 이글을 읊조리니
이 또한 나의 행복
호강에 받처 요강에 똥 싸는 소리 하네
이 또한 지나가리라
한번 더 되뇌고 힘차게 하루를 시작한다

- 9월 하순 부인 생일날에 부쳐

동그라미

동그라미 속에는 웃음이 있고
동그라미 속에는 사랑이 있고
동그라미 속에는 얼굴이 있고
동그라미 속에는 술酒이 있고
동그라미 속에는 여자가…

동그라미 속에는 각종 체크리스트가 있고
동그라미 속에는 인생이 있고
동그라미 속에는 눈물이 있다

인생은 둥글다

인생은 둥글다
인간은 태어나면서부터 엄마의 만삭이 된
둥근 배 속에서 태어난다
둥근 지구에서 동요처럼 둥글게 둥글게 살아가면서
'머니'라는 둥근 돈을 한없이 꿈꾸면 살아간다

그렇게 둥근 세상에서
한없이 둥글게 살다가
결국 둥근 무덤 속으로 들어간다

둥글게 살다 가자!

- 2021년 9월

얼굴

사람의 얼굴에
머리에 머리카락은 고귀한 머리를 보호하기 위해 심었고
눈썹은 눈을 보호하고 물이 눈으로 들어
가지 말라고 두둑을 만들고 나무를 심었구나
또 속눈썹은 먼지, 티끌을 막아내고

눈이 두 개고 앞으로 박혀 있는 것은
앞만 보고 똑바로 살아라는 지시사항이고
코는 냄새를 맡고 콧구멍을 밑으로 낸 것은
빗물이 들어가지 말라고 숲까지 심었구나
입은 좋은 음식을 섭취하고

참된 노동을 하라는 계명이고
입가에 골은 빗물이 들어가지 말라고
물꼬를 낸 것이구나?
옆에 귀가 두 개고 앞으로 낸 것은
한쪽으로만 듣지 말고 두 귀로 듣고
똑바로 살라는 조물주가 빚어낸 작품이건만
이내 못난 인생들은 이토록 고귀한 명령을
대부분의 사람은 지키지 않고 살아가고

　　　　　　　　　　　　　　경비원의 사계

모두 다 네가 낸대 의시 대면서 살아가는
모습이 안타깝구나

인간님들이여 하루에 단 한번이라도 반성하면서 살자

인생을 살다 보니 2

인생을 조금 살아봤더니 알겠더라
이제껏 살았던 건 연습이라는 걸
인생은 연습이 없다고 하지만
우리는 연습처럼 살고 있었다는 것을
하지 말라는 선현들의 말씀을
실험하듯 거꾸로도 해보고
이게 아니면 퍼뜩 바꿔야 했는데
왜 그런 부분은 끈기가 있었든지
알다가도 모르겠네

가지 말라고 하는 곳엔 늘 가보고 싶었고
하지 말라는 말은 더 호기심천국이었지?
어디서 왼손잡이가 훌륭한 사람이 한 명 나오면
언론에서 대서특필하고
조실부모 밑에 훌륭한 사람이 또 한 사람 나오면
떠들어 대곤 한다
세상에 과연 그런 훌륭한 분들이 몇 %나 되는지

2,500년 전
공자 형님께서도 하늘이 나에게

몇 년의 수명을 빌려주면 이런 글귀가 있지

나에게도 몇 년의 시간을 더 준다면
다시 살아온 과정을 한번 거꾸로
살아보면 지금보다 더
잘살고, 잘되고, 훌륭한 인물이 될런지?
이 몸은 두고두고 의문!

이런저런 넋두리에
또 가을이 오네
나무가 오래 사는 건 겨울에 잎을 다
떨어뜨리고 봄에 새잎을 돋게 해서 오래 산다네

속절없이 흐르는 세월 속에
인간의 무기력함을 한탄하면서

- 2021년 9월 마지막 일요일

남자로 산다는 게

남자로 태어난 것이 죄인지라
허리가 휘고 등골이 빠져라 일만 했건만
남은 것은 골병이요
은행 빚만 남았구나

긴 다리 땅을 딛고
두 팔 하늘을 향해
한 점 부끄러움 없는 생활을
아아…
지나가 버린 시간들이 그립구나
즐거웠던 힘들었던 숱한 시간들
한때는 정들었고 이런저런 이유로
잊혀져간 동료 친구들이여
어디에 계시던 잘 지내시는지요

이제는 돌아갈 수 없는
젊은 날의 청춘들이여!
이제는 아쉬움만을 뒤로 남기고
이제는 황혼이 질 무렵
60대를 살고 있는 젊은 오빠들이여!

지금 이 시간을 슬퍼하지 마시오
이 또한 지나가면

내일의 태양이 떠오를 테니

- 너무 힘든 코로나 시국에

고향

흰 구름 떠가며
나직한 구름과 바람과 함께
오순도순 걸어온 오솔길을
뒤돌아 걸어가면
풍년가 술렁이는 들판과
벼 이삭 고개 숙인 들판 논두렁에서

얼큰한 동동주에 소금을 안주 삼아
친구들과 회포 풀면서
여름이면 냇가에 나가 노래 부르고 놀던 시간들
아! 내 고향 질목
꿈에 그리던 고향이건만
지금은 어디 어느 곳에 있는지

변해버린 고향 인심
옛정은 사라진 지 오래고
그냥 갔다 오면 기분이 좋아지는
우리의 시골 추억들이여

인생

인간은 추억을 먹고 사는 동물이었던가
지나간 추억들, 좋은 추억, 좋지 못한 추억
좋았던 일들, 끔찍한 일들 다 지나고 나면
이것 또한 추억이 되지
살아오면서 후회될 일이 있어서도
후회는 안 하려고 노력했지
생각하면 또 가슴이 아프니까

옛 시간들이 주마등 같이 흘러버린 지금
너무 고요하고 적막한 시간
젊은 친구들 무슨 이야기가 저리 많은지?
당장 아침에 청소할 일이 앞서는구나

이게 인생이다

가을

어쩌다 보니 벌써 가을이 왔네
꽃 피는 봄에 들어왔는데
무더운 여름을 통과하고
벌써 가을이 턱밑에까지 왔구나!

저 혼자 흔들리는 코스모스의
유혹적인 때깔은 너무 황홀하고
지금부터 벗나무, 느티나무 낙엽이 뒹굴고
하늘은 높은데 이룬 것 없이
환갑 전 마지막 가을이 되겠네

기념일

각종 기념일! 왜 이리 많은지?
10월만 해도 국군의 날, 노인의 날, 개천절, 독도의 날, 세계 한인의 날, 경찰의 날, 교정의 날, 한글날, 임산부의 날…
달력 한 장에 17일이나 날, 날, 날이구나
이에 더해 개인적으로 결혼기념일까지
끝이 없는 인생길이구나

같은 날 같은 시간에 대업을 치렀건만
왜 한쪽만 기념일을 챙겨줘야 하는지?
대부분 남자는 의문이라오
크든 작든 그래도 눈도장은 찍어야 했고,
앞으로도 계속 그렇게 살아가겠지요?
그래도 못난 놈 늘 묵묵히 받아주던 당신은
이 세상에서 제일 높고 깊은 분이라오
정말 고맙고 미안한 마음 금할 길이 없네

한번만이라도 업어주고 싶은 당신이여

- 2022년 10월 1일

대체공휴일

10월!
보통 우리에겐 10월 하면
노랫말 '10월의 마지막 밤'을 지금도 기억하고
풍성한 가을 단풍, 낙엽 등등
좋은 이미지만 생각하건만
하지만 또 다른 세상에서는
왜 이리 노는 날이 많은지 불평이다

지구상에 반은 여자!
지구상에 반은 남자!
세상일은 좋고 싫고 반반으로 나눠지건만
대체공휴일까지 포함해
좋은 직장? 소위 공무원, 대기업 직원들은
12일을 놀아 재끼는구나

미화 싸모들 이틀 쉬니
음식물통 재활용장 세대 민원 속출하고
각 동 E/V 지저분하다고 각 동 세대 연락 오네
젊은 친구 6년 근무에 50억 원 퇴직금이 웬 말이면
애비 찬스 없이 살아가는 이내 새끼들만 불쌍쿠나

경비원의 사계

3~4억 원 투자에 천억 원대를 챙기는데
뉴스마다 짜증 나는 말만 앵무새처럼 지껄여 대는구나

혼란과 혼돈의 세상에서
관공서의 공휴일에 관한 규정이라고
말은 번지르르하게 망치질 해났건만
사회약자 배려에는 털끝만큼도 생각하지 않고
지네들 꼴리는 대로 해됐구나

소경이 개천 나무란다는 속담이
오늘따라 구구절절 명언이라오

- 2021년 10월 4일

뻔뻔 공화국

못난 놈! 그 흔한 외국 여행 한번 못 해보고
우물 안 개구리처럼 좁은 곳만 전전긍긍
불철주야로 열심히 살아왔건만
견문 없이 살다 보니 사는 게 이 모양 이 꼴이구나
느는 것은 은행 빚이요, 나오는 건 한숨이고
이래저래 마신 술이 작은 연못을 만들었고
서로 부딪쳐 싸운 전적이 무승무패 기록했네

연일 짖어대는 대장동, 소장동 게이트인지 씨부려 대고
공정과 정의는 저승에 이야기요
불공정과 불법은 이승의 이야기구나
다른 한쪽에선 위안부 할머니 후원금에
자기 호주머니 속 공깃돌 빼듯 해처먹고는
얼굴은 철면피요 변명은 구구절절해 대는구나

그래도 의원 자리 지키려고
똥이 나오도록 안간힘을 쓰는 모습이 측은하다 못해
애처롭기까지 하구나
국회의원 나리, 고위직 인사 놈들
뒤에서 호박씨 까는 모습은 언제쯤 없어지려는지?

경비원의 사계

이런 구린내 나는 불공정한 세상에서 살면서 제정신
가지고 사는 것도 조상님의 은덕인지
그래도 오늘도 열심히 살아보려고
눈 뜨자마자 나와서 열심히 살아본다

희망만 꿈꾸면서

최고의 소리

군대에서 모든 소리 중에서
최고의 소리는 취침나팔 소리
군대에서 모든 소리 중에서
제일 듣기 싫은 소리는 기상나팔 소리

사회에선 제일 듣기 싫은 소리는
직장 상사로부터 잘했니 못했니 잔소리
집에선 마누라로부터 누구 아빠는…으로 시작되는

요즘 집에서 제일 듣기 좋은 소리는
이른 새벽 일어나라고 울려대는 알람 소리!
왜!
그래도 다니는 직장이 있으니까

그리고 저녁 시간 친구로부터 술 한잔하자는
소리가 왜 이리 좋노

하지만 먼저 그 잔소리를 들어줘야 한다

11월

처음엔 묵직하던
깔깔한 옷을
하나둘 훌랑 벗어버리고
새초롬게 달랑
외롭지 말라고

두 장만 남겨버린 지금
돌아갈 수 없는
길을 많이도 와버렸네
이렇게 또
한 해가 가는구나

환갑 풍경

태어난 간지의 해가 돌아오는
61세가 되는 생일 환갑날!
이른 아침 동네 이웃집 사각판(호마이크판)
빌리려고 돌아다니고
방석, 덕석 몇 장도 빌려 와서 마당에 깔았지
그리고 조금 사는 집 병풍도 두 개 빌려서 세우고
찢어질라 조심조심하라고 강조했었지

시내 한두 곳 있는 사진사 양반
M16 총을 멘 듯 어깨에 올리고 와서는
삼각대에 걸쳐진 사진기 설치하네
몇 안 되는 일가친척 일 열, 이 열로 줄 세우고
자리 배치에 얼굴각도 조정하네
뒤에 처진 병풍 세워 코흘리개 아이들 잡아주고
잠시 뒤 사진사 양반 검은 천 속으로 머리 처박고
하나, 둘, 셋 소리에 펑! 상황종료
동네 사람 종종걸음으로 달려와선 제일 맛있는 산해진미
잡채 한 접시 잡숫고는 막걸리에 화기애애 이야기 끝이 없네
80년대 환갑잔치 수건에다 장남, 차남 아들 이름 새겨넣고
몇 월 며칠 홍길동 환갑 기념 수건 한 장 선물하고

90년대 환갑잔치 우산에다 이름 새겨 선물했네
요즘 시대에는 칠순 잔치도 애인지라 팔순 잔치 한번 하네
지금 사는 우리 애들, 애비 환갑은 알고는 있는지
이런 잔치 이름조차 없어진 지 오래고

아! 힘든 세상! 그 시절이 그립구나

친구

우리가 남이가? 친구 아이가!
너와 나 사이에 우정이 없이
너와 나 사이에 믿음이 없이
우리 친구라 하지 말자

계곡물이 모여서 강을 이루고
흙이 쌓여서 섬을 이루듯
너와 내가 하나가 아니라면
우리는 친구라 하지 말자

깊은 산속 바윗돌
파랗게 깔린 이끼처럼
칡덩굴 엉키듯 그런 마음 없이
우리는 친구라 하지 말자

한잔 술에 삐졌어
마음 상하고 연락 두절하는 그런 사람
우리 친구라 하지 말자

　　　　　　　　　　　　　　경비원의 사계

너의 어려움 나의 힘듦
너와 내가 아니면 우정은 변치 않는 것
마음이 변한다면 우리는 친구라 하지 말자
네 돈 있을 때 너에게 술 한잔 사고
내 돈 없을 때 너에게 술 한잔 얻어먹고
이런 친구로 살아가자
인생 별거 있더냐

어린 시절

진달래 먹고 물장구치고 다람쥐 쫓던…
60~70년대 어린 시절
시골에서 자란 우리들은 묘사철이 되면
높은 산까지 묘사떡 하나 얻어먹으려고
코흘리개 동생 업고, 걸리고 산 정상까지
오르고 했던 기억들
숨을 할딱거리면서 올라 가져간 박수건(보자기)에
싸서 의기양양 집에 옵니다
그 당시 애들이든 어른이든 다 한 사람으로
인정해준 선대들의 훌륭한 인품

코흘리개 애도 한 봉지, 큰놈도 한 봉지
돼지고기는 다 익지 않고 피가 나오고
우리는 절편이 왜 그리 맛있든지
익지 않은 돼지고기는 엄마가 찌개 끓여서 저녁 먹고
아버지는 막걸리 한잔하시고
옛말에 없이 살아도 형제간 우애 있게 지내는데
어디서 제삿밥 한 그릇 오면 그때부터 분란은 시작되지
그 당시 동네 누구 집 제삿날은 다 꿰뚫고 있었고
자정이 넘어야 제사를 지내는데 옆집 제삿날이면 그때까지

잠은 안 자고 제삿밥 기다리던 그런 시절도 있었건만
지금 이 시절에 조선시대 이야기
이렇게 힘들게 여기까지 버텨 왔건만 지금 모든 것이
그때와는 너무 다른 상전백해 되었지만
그래도 그때 그 시절이 한없이 서글프면서도
그리운 것은 나이를 더해 갑니다

출근부

직장에 출근한 사실을 기록한 문서 출근부
90년대까지만 해도 기계식 출근부에
카드를 찍어서 출근한 기억들
조금 늦으면 동료에게 찍어달라고 부탁했다가
총무과에 들킨 기억

카드 찍고 나면 시간은 맞는지 잔업시간은
바로 찍혔는지 확인도 들어가고
수기 출근부에 출근란에 체크하고
잔업 한날은 뒷날 기재가 바로 되었는지
확인했던 시절!

이렇게 열심히 생활했던 그때 그 시절
요즘도 이른 아침 출근하면 가라로 체온 체크
기재하고 출근부 날인하고 지문 등록하고
시대는 변해도 출근부는 존재하네
이렇게라도 출근해서 서명날인 하는 것만 해도
천운은 타고났나 보다

옛날 기계식 출근부에 출근부 넣고 찌직 하면서
찍혔던 아련한 추억들

옛날 그 시절이 불현듯 생각나네

어린 시절 고향

우리가 태어나고 자란 고향
늘 풍성하고 넉넉한 고향 인심
한때는 60호가 넘었는데
지금은 빈집만 남아 절반으로 줄었네
그것도 토박이는 가고 외지 사람들이 동네를 채우네

그 작은 동네에 골은 왜 이리 많았는지
분딧골, 사니골, 대장골, 뒷골, 멧골, 창창골, 반지골…

여름이면 분딧골로 소 먹이러 다녔고
송곳 꺾어서 먹고 말똥구리 잡고 진똘이 했던 어린 시절
겨울이면 어린 손으로 나무를 하러 다녔지
굴묵 뒤에 깨똥구리 나뭇짐이 쌓이면 흐뭇해하고
겨우내 소죽 끓여서 먹이고
고구마 구워 먹고 했던 어린 시절
설날 때 남은 떡국을 구워 먹으면 얼마나 맛이 있던지

경비원의 사계

아! 꿈엔들 잊으리오

딱지치기, 팽이치기, 공기놀이, 구슬치기, 비석치기, 자치기 하면서 뛰놀던 어린 시절 고향

한여름에 동네 냇가에서 물놀이하던 추억

너무 그리운 나의 고향이여

주민등록초본

동사무소에서 초본을 떼어보니
A4용지 2장을 가득 채웠구나
60 남짓 인생을 살아왔건만
이렇게 채우고 살았던 게 하나 있었네

맹모삼천지교라
고관대작 좀 있다는 놈들 학군 따라
위장전입 수없이 들어봤지만
또 다른 한편에서는 먹고살기 위해
이렇게 돌고 돌아왔구나

내로남불이 아시타비로 변하고
조로남불을 넘어 내공내불로 바뀌고
일곱 인간이 구천억 원을 벌어들이는 세상에
살고 있건만…
왜 이리 우리네 살림살이는 이렇게 핍박하게
살아야만 되는지

오늘도 겨우 3분의 1쯤 눈을 뜨고
먹은 둥 안 먹은 둥 대충 한술 뜨고
부인께서 잘 다녀오라는 인사에
오늘도 짭짭거리면서 많이 먹으면
못 올 거라고 한마디 던지고

꿈과 희망만을 가득 안고 출근한다

- 2021년 가을

인생길

태어나면서 인생길이 꽃길만 생각하고
태어나진 않았겠지만
이내 인생길 산길, 들길, 진흙탕길, 황토밭길, 자갈밭길을
수없이 넘나들면서
때로는 타이어에 펑크도 내고
때로는 관절이 쑤셔서, 등골이 휘어서
잠시 쉬어도 가곤 했지

한여름의 깊은 산속에서 길을 못 찾아
초조하게 헤매던 시절도 있었고
끝없이 이어지는 긴 터널을 지나온 시절도 있었지
이렇게 모든 것이 속절없이 지나버린 지금
너무 잘 닦인 인생길보다
조금 울퉁불퉁한 굴곡진 인생길이 새삼 그리워지네
이렇게 열심히 살아온 이네 인생길

에헤야 돗자리 짊어지고 숲속
대나무길 나들이랑 가자꾸나
가서 시원한 막걸리에 도타운 안부 나누면서
인생을 즐기고 싶구나
이만하면

괜찮은 인생길이 아니겠나

느티나무

어릴 적에는 당산나무였지
동네마다 전설이
구구절절 전해 오고
여름이면 어른들 옆구리에
목침 끼고 부채 하나 들고
낮잠 자던 고귀한 나무였거늘

아이들 나무 위를
원숭이처럼 재주 부리고
우리에게 추억을 준 고마운 나무

지금 이 순간!
왜 이리 우리는 원수가 되었을까
그렇게 무성하던 나뭇잎은
쓸어도 쓸어도 끝이 없네

인간사 입장이 바뀌니
좋았던 것도 싫어지고
싫었던 것도 좋아지는
재미있는 세상이여
조금 지나면 또 너를 언제 그랬다는 듯
내 너를 한없이 좋아하게 되리라

조금만 지나면…

경비원의 사계

봄이면
입주 세대 부녀회원 이름값 한답시고
엉덩이 흔들면서 하나둘씩 모여드네
보기 좋은 명품 아파트
꽃단장한다고
미화원들 불러들여 꽃을 심는구나

여름이면
애써 심은 화초 시들어 죽는다고
경비원들 매일매일 물 주라 하네
재활용품장 음식물통
차고 차고 넘쳐나고 냄새난다고
어느 누구 하나 그대로 방치하는구나

가을이면
그 무성한 느티나무 벚나무 낙엽!
쓸어도 쓸어도 끝이 없구나

겨울이면
북풍한설 몰아쳐도
털귀마개 방한장갑 완전무장하고
정문 입초 근무
흐트림 없이 임무 수행하고

아이고 경비원의 사계절
왜 이리 힘든지

50대를 보내면서

한 많은 50대여
네가 간다고 슬퍼는 하지 마시오
이렇게 또 세월의 허락을 받아
60대에 진입하노라
자고로 10년이면 강산도 변하거늘
수상한 시절에
20, 30, 40, 50대를 보냈으니
강산이 네 번이나 바뀌었구나

20대는 사회 초년생이라
세상이 어떻게 돌아가는지도 모르게
지나가 버렸고
30대는 결혼하고 애들 키우느라
정신없이 가버렸네
40대는 애들 학교 들어가고 공부시키고
사교육비에 늘 살얼음판이었지
50대는 애들 고등, 대학, 군대 등등
바람 잘 날 없었구나

일촌광음이라

눈 깜박할 사이에
푸른 실 같던 윤기 나던 머리털이
어느새 눈처럼 세었고
한번 움직일 때마다 박력 넘치던 몸뚱어리는
녹슨 칼처럼 무뎌졌구나
아 슬퍼도다

무정한 세월이여!
한번 가면 흘러가서 돌아오지 않는 무정한 놈이여
내 너를 다시는 헛되이 보내지 않으리

그러나 지금은
네 너를 잡으려고 몸부림쳐봐도
아무런 힘이 없구나
한 많은 인생들이여!
60대에 진입하는 동시대를 살아가는
젊은 오빠들이여!
우리 모두 힘내어 즐거운 인생 되길 빌어본다

- 힘든 코로나 시국에

다사다난

또 한 해가 저물 연말이 되면 늘 듣게
되는 표현이 다사다난이지?
이 고급스런 말씀이 조금 나간다 하는
인간들만 쓰는 단어인 줄 알았는데
우리 같은 소시민에게도 정말 다사다난한 한 해였네
일 년을 돌이켜 보면
많은 일들이 지나가고 했건만 연말 우리에겐
인생을 살면서 다른 사람들은 한번도 겪기 힘든 일을 당했네
그 참담한 현실 앞에
힘 한번 쓰지 못하고 무기력하게 무너졌다네
늘 옆에 있던 사람은
어디서 가을 서리를 맞았는지 흰머리가 되었고
몸꼴도 축이나 예전 모습이 아니구나
이게 다 이 못난 놈 탓이리라 생각하니
가슴에 소금을 뿌린 듯 쓰리고 아프구나
누구를 원망하면 누구를 탓하리오
며칠 낮과 밤을 한숨으로 지새우면
하루하루를 살얼음판 걷는 심정이었네
이제야 열흘 정도 지나니
마음이 조금 안정되고 일상으로 돌아오네

경비원의 사계

그래도 한번 크게 놀란 가슴 어찌 아물 것이면
없었던 일처럼 살겠는가
아! 슬퍼도다! 이내 인생이여
일월성신 하나님 전 부처님 전에 고하노라
두 번 다시는 천심이 있으면 힘들게 사는 인생
테스트는 그만하시게
나에게 다시 한번 더 시련을 준다면 누구든 용서치 않으리라

내일 경비 한 놈 죽었다

저녁 입초 시간 고급승용차 비상 깜빡이 넣고
경비원 앞 멈추었네
젊은 새댁 어제 세차했는데 경고장 붙여서 땐
흔적 남았는데 우리 아파트 스티커라네
경비원이 확인해 보니 식별이 안 되는데
혹시 다른 아파트 들렀냐고 물어보니
간 적 없다고 짜증을 내네
요즘 차단기 고치고 경고장 잘 안 붙인다고 하니
그럼 누가 붙였냐고 왕짜증을 내신다네
그러면서 블랙박스 확인해야지 하면서
슈웅 가버리네
초소에 와 하는 말이
내일 경비 한 놈 죽었다 하니
구절구절 물어본다
아이고 위세가 등등하여 기죽어서 못 살겠네

12월

도톰하던 달력도 달랑 한 장만 남았다
또 한 해가 가버린다고 한탄하면 뭐 하나
다시 다른 해가 기세등등하게 기다리고 있다네
아직 남은 시간들
감사하는 마음으로 그래도 보내자
한 해 동안 좋았던 일도 많았지만
안 좋은 일도 많았구나
한 해를 보내는 마음 착잡하지만
또 나에겐 50대를 마감하는 달이네
60년 전 세상을 나왔지만
이렇게 세월은 흘러 흘러서 환갑이라는 계급장을 다네
연초에 세웠던 계획은 잘 지켜졌나
곱씹어 보면서 혹시나 타인에게
아픈 말이나 행동이 있었다면 반성하는
조용한 끝 달이 되자
참회하는 심정으로

2021년을 보내며

세상아 덤벼라
겁날 게 없단다
육십 년을 살다 보니
공중전, 지상전, 수상전, 화생전을 치렀구나
말 그대로 산전수전 다 겪어 보았구나
이제는 정신은 목계의 경지에 올랐고
무슨 일이든지 겁 따윈 먹지 않는다오
이 또한 이내 인생의 몫이고
자신이 개척해야 할 운명이라는 걸
2,500년 전 공자도 둑에서 흐르는 물을 보고 한탄했다지
나무가 오래 사는 것은 그 여름에 무성하던 잎을 겨울에
떨어뜨리고 봄에 새싹을 돋우니 오래 산다네
내 나이 환갑!
내년부터는 조금 느리게 살련다
너무 앞만 보고 빨리 쫓아온 인생!
한 번씩 뒤도 돌아보고
없는 여유도 좀 가져보고
훗날 애들에게도 조금은 인정받는 삶을 살고 싶다
이 실없는 용기와 기대만을 안고 살아가는 인생에게
태클을 걸지 말아다오

여기까지는 다 용서하지만
추후로는 내 다시 용서치 않으리
열심히 노력하는 인생에게
꿈과 희망만이 가득하길

대방동의 겨울

12월 하순 겨울 추위가 장난이 아니다
대암산에서 불어닥치는 추위가
경비원 입초 시간에 너무 춥고 아리다
손에 장갑을 끼웠건만 손끝은 너무 아리고
얼굴은 똥씨레기가 된다
삼라만상이 찌푸리다 보니
삶 자체가 서글퍼지고 어린아이처럼
울고 싶고 집에 가고 싶다
추위도 추위지만 살아온 인생이 더 춥고 가슴이 쓰리다
앞으로도 1월, 2월이 얼마나 춥고
마음이 아파야 할지 그 누가 알아주겠는가
이 또한 숙명이고 운명이라 생각해도
나 자신이 용서 안 된다
이게 인생이라 자위해 보지만
마음이 아픈 걸 어찌할까
마음 가다듬고 새해 임인년 나에 의해!
더 열심히 더 건강히 더 자상하게 살고자 다짐해 본다
임인년壬寅年이여!
빨리 와라 시간이 약인걸

감기 몸살

온종일 너무 아파 끙끙 앓았다네
아침 퇴근해 바로 자리 누웠네
오전 조금 자다가 오후 병원 안 간다고
잔소리 작열하네
병원 가서 주사 한 대 맞고 링겔 한 대 맞고 하려고
둘이서 병원 갔다네
접수하고 기다리니 불러 체온 측정하니 38도를 오르내리네
그래서 큰 병원에 가서 코로나 검사부터 받으라네
나와서 집에 가려는데 다른 병원 가보자 하네
그곳으로 가서 다시 체온 측정하니
코로나 검사가 우선이라네
이제는 집에 가려고 하니 보건소에 가서 코로나 검사하고
오라고 택시비 주네
보건소 도착하니 문득 생각이 만약 코로나로
확인되면 직장 잘린다고 하니 바로 오라네
집에 와 아침까지 아프다가 바로 출근하는 이내 인생!
아픈 것도 내 마음대로 안 되는 인생!
서글프기도 하지만 이놈의 코로나 언제쯤 물러갈까

저승사자

내 여태까지 저승사자 보지 못했네
검은 옷에 검은 갓을 쓰고 눈은 빨갛고 얼굴은 시퍼런 축축한
사자가 데려가곤 하지
요즘 저승사자 우리 곁에 있다네
아침 7시면 초 단위까지 맞추면서
입초를 서자고 찾아오고
저녁 6시면 어김없이 찾아오는구나
인생 좀 살다 보면 갈 때 되면 가면 되고
더 살라 하면 또 살면 되고
이리 겁나는 저승사자 또 있을까
당나라 대시인 두보는
삼리삼별로 그 시대상을 고발했지
우리 경비원들은 지금 사회상을 읊조리는구나
하루하루 마시는 술이 혼술의 대가
태백 형님에 견주고
갈수록 필력은 두보에 견줄 만하구나
우리끼리 하는 얘기 저승사자 오네
이 말이 명언이라오

임인년에 바란다

12월의 차가운 밤하늘을 바라보면서
정말 다사다난했던 신축년의
한 해를 정리해 본다
뒤돌아보면 늘 아쉽고 부족하기 그지없다
왜 진작 모든 일에 더 열심히
더 적극적이지 못했을까! 반문하면서
나의 머릿속에는 반성과 함께
새해에 거창하게 세워 놓은 계획에
늘 만족하지 못하고 무엇을 삼키다 걸린 것 같이
답답함을 느낄 뿐이다
남을 탓하기 이전에 나 자신에게 더 충실하라는
글귀가 오늘따라 유난히 생생하게 귓전을 맴돈다
조금만 더 주의 깊게 생각하면 서로가 편해지는 것을
옛날 같으면 거리마다 캐럴과 구세군의 종소리가 들리고
성탄절 분위기가 나곤 했는데
새해가 시작될 즈음 지나온 59년을 한번 되돌아보면서
너무 허송세월만 했는지
나름 열심히 살았는지 결산해보는 마지막 한 달이 되자
인생살이 어려워라 인생살이 어렵더라
2022년 임인년王寅年 나의 해

여태까지 해왔던 것처럼만 살자
바꾼다고 뭘 바꾸겠는가
하루하루 충실하면 한 달이 충실할 것이고
또 일 년이 충실할 것이다
주어진 여건에 맞게 그냥 열심히 살자
말이 필요 없다

동대표 감사의 갑질

관리사무소 조경 담당
입이 천발만발 나와있네
순찰 중 지나가다 물으니
○○동 감사란 놈이 사무실 찾아와선
나무 정지 작업 후 나무 버리는 데 돈이 너무 많이 들어간다네
그래서 나무를 각시 베개만 하게 묶고 있네
기사 양반 부지런해서 그렇게 하는 줄 알고
칭찬 아닌 칭찬했더니
감사 영감 지시사항이라 하네
다발다발 묶어 놓은 게
옛날 시골 굴묵 뒤에 나무 쌓아 놓은 것같이
너무 정겹게 보이는구나
우리 기억 속에 사라져가는 풍경을 보니 너무 짠하구나
폐기물 처리 비용 너무 많이 던다지만
이렇게 하면 비용이 얼마나 절약될까
정말 한심한 작태다 이 일을 어찌할꼬
그 감사 영감
다음에 동대표 회장 자리 노린다네
에고 에고 그놈 회장 되기 전에 정리하고 갈 일이 우선이네
지금도 익히 듣고, 행상머리 안 좋은 줄은 알지만

몸소 겪어보니 너무 인품 훌륭하여라
경비에게만 스트레스 주는 줄 알았더만
관리소 직원들도 입이 천발만발 나오네그려
인생살이 힘들어라 세상살이 힘들어라
정말 별난 세상 별난 사람들이
설치는 세상이로다

경비원의 비애 1

한낮 화재경보 울러대고 난리 났네
○○동 3층에서 발생해서
동물적인 감각으로 수신기 누르고
휴게 중인 경비원 연락해 출동 조치하고
관리실 전화해서 보고했더니
기사 양반 깜깜이라 경비원에게 물어본다네
입주 세대 부인께서 안절부절 설쳐 대니
옆에 있던 자기 신랑 허둥지둥 경비실에 달려와선
만일에 불났으면 경비원 출동 안 해
어쩌고저쩌고 항의하고 지랄하네
자기 온 시간에 경비원 출동하니
관리기사는 물끄러미 바라만 보고 있고
경비원이 선을 끊고 응급조치하였건만
전기기사 출동해서 하는 말이라곤
경보 울려서 스위치 작동했냐고 물어보는지라
경비원 말하기를 벨이 울리면 동물적인 감각으로
전광석화같이 달려가 잡고 한다고 읊조리고
기사 양반 발생지점 찾아가서 조치하고 돌아오네
경비실에 와선 경비실은 이상무이건만
관리실 전화하니 아직도 울어댄다네

이게 우리 현실 누구를 탓하랴
20년을 쓰다 보니 기계 노후화된 것 생각지 않고
돈 들어가는 일은 동대표 회의 때 말도 한마디 못 하면서
이것도 자리보전용이라 소장업무 못하구나
하루 쉬고 출근하니 결과보고 들이대네
이쪽 조장 불러 놓고 소장 놈이
조목조목 사사건건 지적했다네
경비원이 말하기를 혼자 있어서 출동 못 한다고 했다네
여태껏 살면서도 눈치 있게 살았건만
절에 가도 눈치 있으면 새우젓 얻어먹는다는 속담도 있지만
경황없이 살지는 않았다고 자부하건만
안 한 말도 만들어내고 사람을 위축시키는구나
자기 식구 서너 명은 명색이 기사인데 이런 조치도 못 하는
자기들 허물이 더 크고 하건만
경비원 잘못이라 게거품을 무는구나

오늘도 전출 세대 안내문까지 부착했건만
담당 반장 전화가 와서 입주 세대 찾아와 자기들 이사 안 가는데
안내문 붙였다고 불같이 화를 내네
관리실 어른 전화해서 이렇고 저렇고 이야기하니
착각했다고 인정하네
내가 하면 받아적은 놈이 덤탱이 쓰고 서너 번 당하니
오메 기죽더구먼
양쪽 조장들도 두 번 적고 이런 일이 발생하니 쉬쉬하고 넘어가네

　　　　　　　　　　　　　경비원의 사계

관리실 경리 여사님 나이가 50대가 되다 보니
갱년기라 치부하지만 한번씩 왕짜증이 날 때도 있다오

논어, 맹자 공부했더니 인내심은 타의 추종을 불허하고
성격은 목계의 경지에 통달했도다
앞으로도 모난 성격을 둥글게 둥글게 연마할지어다

우연의 일치일까

며칠 전 십이일구 사태가 발생했지
한낮 화재경보 발생 때 경비원 출동조치 미흡했다고
뒷날 관리실 찾아 게거품 문 사건이라 십이일구 사태라 명명했지
아침 출근하니
조장 왈 하기를 이상하다 하면서 나에게 말을 던지네
무슨 일이 생기면 자주 이런 일이 생긴다고
입초 시간대에 교통정리 신경 쓰라고 인수인계했다네
내가 대꾸하기를
뭘 그럴까 하면서 우리 행동까지 입주민이 신고할까
하면서 받아쳤다네
CCTV 확인까지 할까 하면서도
그럴 수도 있다고 말을 흐렸다네
한번 저쪽 조장이 우리 근무행태를 CCTV로 확인했다네
내 자신이 봐도 근무 서는 게 마음이 안 드는데
셋이서 서는데 한 사람은 스트레칭에 복장 불량이고
다른 반장은 요지부동에 입초를 마친다오
오직 한 사람

J 반장만이 거수경례 자동으로 올라가고
근무 자세가 가히 A++로다

하필이면 이즈음에

연말이면 꼭 되풀이되는 경비원들의 홍역!
내년 최저임금 인상에 꼭 나오는 말
경비원 휴게시간을 늘이자는 동대표 놈들의 안건
외부 차량 및 불법 차량 집중단속 하라는
급한 전령이 발발이 도착하고 아침저녁으로 들려주네
쾌적한 환경조성을 위한다면서
아파트 가격 올린다는 심오한 생각이 묻어 있다네
주차난이 심각하다 보니 집 가치가 떨어진다나
늘 듣는 말, 경비원들 게으르다에 일 안 한다는 말씀은
쇠귀에 경읽기, 우이독경이라고 하지
하필이면 꼭 이 시점에 경비원들에게 열을 올린다오
훌륭한 입주 세대들이여
때로는 뒤도 한 번씩 돌아보면서 살아가 주오
이게 다 약이 되고 곱게 늙어가는 공부라오

신축년 마지막 날

신축년辛丑年 마지막 날이다
끝~날 근무해서 임인년壬寅年 새벽까지 두 해를 걸쳐
피 터지는 하루를 마감하는구나
아침 출근하니 각종 서류에 서명날인 하라네
휴게시간은 잘 지켜는지
부당노동은 안 시켜는지
시간상 불이익은 안 당했는지
급여는 맞게 나왔는지 등등
늘 하는 일이라곤 서류상 맞추는 일
조금 전에도 관리실에서 자기들이 할 일을 명령이 떨어져
나와 강반 둘이서 깔끔하게 일 처리하고 왔거늘
어느 간 큰 경비원이 부당하다고 말을 할 수 있으면
40년 전 군대 생활에서 소원수리보다 더 강력한 집단이라오
자기는 정직하다고 바르다고 믿는 집단에게 나쁜 누명을 씌우면
못 견디고 하듯
우리에겐 이것도 우리 생활의 일부고 살아남는 방법이라오
3개월 단위로 계약기간 끝날 무렵이면 두려운 건
혹시 계약 안 할까? 잘릴까? 그 고민뿐이라오
세상살이가 다 그렇지만 운칠기삼運七技三이라고
우리 인생 살아가는데 모든 승패는 운에 달린 것이지

경비원의 사계

노력에 달린 것이 아니라는 말이 왜 이리 맞는 말인지
어쨌든 또 이렇게 한 해가 저무는구나
부족한 부분은 뒤로하고 임인년(검은 호랑이해)은
나에게 또 특별한 해라네
60갑자가 또 시작되는 환갑의 해! 더 열심히 살아보자꾸나

- 2021년 12월 31일

신축년 마지막 날의 갑질

김반: *(전화를 건다.)*

김씨: *여보세요!* (퉁명스럽게)

김반: *예, 안녕하세요. 경비실입니다.* (공손하게)

김씨: *예.*

김반: *육천칠백 차, 육공공칠 차주 되시제에?*

김씨: *예!* (여전히 퉁명스럽게)

김반: *아 예, 3동에 이사를 들어온다고 뒤에요 사다라 차를 대야 하니까 차를 좀 빼 주실랍니까?*

김씨: *예?* (퉁명스럽게)

김반: *아 예, 3동에 이사를 들어와 가지고 차를 갖다 좀 빼주시면 좋겠는데에!*

김씨: *아… 내가 차 어디다가 댄데요.*

김반: *아 뒤 3동 3, 4라인 뒤로 사다리 차가 들어오끼거든에.*

김씨: *예에.*

김반: *아 그래서요. 육천칠백 차 이거로 좀 빼야 되겠습니다.*

김씨: *빼야 되겠다 카는데, 당신, 누구데요?*

김반: *경비원입니다.*

김씨: *좀. 쫌오옴. 그라믄 좀 빼 주이소 이래 캐야지 부탁을 해야 지 거 거… 말하는 게 와아 그렇소 거거.*

김반: *아 예에, 제가 죄송합니다.*

경비원의 사계

김씨: 아, 그 사람 웃기는 사람이네 진짜.

김반: 아 빼주시면 좋겠습니다.

김씨: 좋겠습니다가 어디 있어, 이 새끼. 이 양반아 좀 그냥 빼 주이소 부탁을 해야 될 상황이지.

김반: 예, 좀 부탁드립니다.

김씨: 말을 해도 지랄같이 이야기를 하고 있어 진짜!

김반: 예. 죄송합니다. *(다시 한번 읊조리고)*

김씨: 내가 차를 잘못 댔나!

김반: 잘못 댄 거는 아닌데에.

김씨: 그런데에.

김반: 아 아 이사를 하니까 차가 들어오는데….

김씨: 아, 이사를 하는 것은 당신, 사정이고.

김반: 죄송합니다. 좀 빼 주십시오.

김씨: 그런 식으로 부탁을 해가지고 그냥 좀 좀 그냥 좀 빼 도라고 부탁을 할 상황이고 신경질 나게 진짜 씨….

김반: 아 예, 제가 말을 실수한 것 같습니다. 죄송합니다. 부탁드립니다.

아이고 우습구나
우리 김반! 좋은 회사 정년하고 본시 부지런한 성품인지라
경비라도 서고 있건만…
김씨 사는 곳 1차이지만, 우리 김반은 2차에 산다오
10년이나 적은 건령에 김씨보다 더 아방궁이라오

경비라는 이유로 죄송합니다는 말 남발하고, 읊조리고
갈새를 당하는구나
누구를 원망하랴
처음부터 가정교육 못 받은 김씨를 탓하랴
한번 개같이 처신하는 자는 죽는 날까지 못 고친다오
쭉 그렇게 살다가 좋은 곳으로 가시오, 김씨 양반
오늘 신축년 마지막 날 액땜했다 치고
따신 커피 한잔 마신다네

임인년 결의

- 절제된 생활
- 배려하는 인간
- 입주민에게 절대 복종하기
- 하루하루가 마지막이라 생각하자.
- 오늘도 내일도 인내심으로 살자.
- 초심을 잃지 말자.

올해 환갑이다! 나이에 걸맞게 행동하자

올 임인년 결의를 또 한번 다짐해 보지만
작심삼일은 지난 것 같네그려
신축년 결의도 무사히
임무수행 하였다고 자화자찬하고
이른 아침 출근길
초심으로 살자는 맹세, 한번 더 되뇌고
올해! 환갑의 해 더 열심히 살아보리라
이내 인생 환갑줄에 일일신 우일신이라
다짐하고 쥐어박고 읊조리고
이만큼 하는데도

나아지는 게 없다면 이건 다 팔자소관이지?
아무쪼록 다시 시작되는 임인년 검은 호랑이해
열심히 인내하고 또 인내하자

올해 환갑의 해다
열심히 살아서 한 해를 마무리하자

- 2022년 1월 6일

세월이 약이더라

신축년 11월 우리에게 너무 큰 아픔이 있었다네
연락받고 현장에 도착하니
말 그대로 아비규환이라네
차량은 대로에 줄을 섰고
구경꾼들과 위로해 주는 사람들로 넘치는구나
현장에 구조대원과 경찰서 직원들이 인산인해를 이루었고
도착해서 현장에 들어가자 하니
출입을 막는구나
잠시 눈을 돌려서 부인을 찾아보니
쓰레기통 한편에 앉아있는 모습이 똥씨레기 그 자체구나
사람은 넋을 놓고 축 늘어진 게 가슴이 무너져내리는구나
옆집 사장에게 집으로 데리고 가서 안정을 부탁하고
현장 수습에 힘을 보탰다네
상황종료 후 현장을 보니 계단 복도가 물바다가 되었고
난관은 너덜너덜하고
현장은 아수라장이 되었구나
경찰에서 펜스를 치고
현장 감식까지 며칠을 끄는구나
공사 시작하니 장장 29일을 끝내는데
아이고 무서워라 한숨만 나오는구나

소방서엔 수시로 드나들고 수사 끝나면 연락 준다는 게
너무 답이 없어 방문했더니
담당자가 바뀌어서 죄송하다네
이게 우리 사는 모습이고 약자의 슬픔이라네
정상적으로 통보했더라면 17일을 단축할걸
세상을 원망하랴
이 사회를 원망하랴
이렇게 서류 올려 기다리니 사고 난 지 서너 달이 지났구나
이 기간에 퐁당퐁당 마신 술이
넘치고 넘쳤으면
가슴 조아린 게 얼마나 힘들었을까?
이제야 수습되니 조금은 안정되고
그 아픈 가슴도 조금씩 아물어 가고
현장은 예전처럼 흔적 없이 지웠구나
인생길 힘들어라
세상살이 힘들어라
이 못난 인생

왜 이리 남들처럼 평범하지 못할꼬

- 2022년 1월 중순

경비원의 사계

입주민의 지적

초소에 있으니 입주민이 경비실로 찾아와선
상가 앞 벚나무 뿌리가 솟아 철제가 위로 튀어올라
넘어질 위험이 있다고 지적하고 깨우치네
관리실에 전화하여 동대표인지 이런저런 이유로
민원이 들어왔다고 보고하니
곧바로 소장, 과장 손잡고 내려와선
구구절절 물어보네
다른 민원 질질 끌고 어영부영하더니만
동대표 놈 말 들어가니 왜 이렇게 빨리 반응하는지
경비실 설비 좀 고쳐달라 하면 들은 체도 안 하는 분들이
아이고 현명해라
직장생활은 저렇게 해야 되는 것을
이 나이에 깨우치니 늦어도 한참 늦었구나
경비원 계급 제일 하빠리인 줄 일찍이 알았건만
거의 비슷하고 동색이라 여겼거늘
여기서도 찬밥신세 애석하고 서글프구나

이 또한 우리 사는 모습
웃으면서 넘자꾸나

경비원의 비애 2

휴게 끝내고 내려오니 CCTV 확인하네
새벽 시간 재활용장 박스 버리고 박스 안에
물건이 하나 들어 있는데 깜박했다네
박스는 놓아두고 안에 내용물만 쏙 빼갔다네
관리실에 전화하니 경비실로 확인하라네
경비실로 찾아와서 퉁명스럽게 CCTV 확인해야 한다네
조장 설명한다고 하니 성질을 지랄같이 낸다네
잠시 앉아 상황을 보니 새벽 순찰을 도는 경비원이 어른거려서
의심을 한다네
그래서 내가 "거기 있는 물건은 다 버리는 것인데…"라고 말을 흐
리니
자기도 조금 수그러든다네
그러니 조장 우리 반장 전화하니 그런 적 없다고 하네
얘기를 듣자니 새벽 시간인데 우리 반장은 출근도 안 했는데 하니
조장이 "아 그런데에" 하면서 저쪽 반장 전화를 돌리니
역시 아니라고 하네
바로 입주민에게 전화해서 그 사람도 아니라고 하니
신경질적으로 내일 자기가 그 사람과 알아서 할 테라며
성질을 낸다네
자기가 잘못하고도 좋은 말로 지랄하네요

보자 하니 덩어리도 크고 말본새가 장난이 아니라네

내일 일은 내일 생각하고…

재활용 날의 갑질

오늘 재활용 버리는 날
오후 재활용장 가보니 자루 묶을 일 많구나
조금 전 미화원 퇴근했건만 삼사십 분 만에
이리 많이 찰 일이 아닌데
미화원 일 안 하고 경비에게 넘기구나
폐지 놓을 자리 부족해 차량 이동 부탁하니
지금 일하는 소리 안 들리나 하면서 바리바리 화를 낸다네
조금 있다가 빼준다는 말에 경비실로 왔건만
입초 서고 가보니 현장은 개판이라네
입주민들 음식물통 겨우 지나다니고
자루 묶어 갖다 놓으려니 빈 박스에 걸리구나
입주 세대 연락하니 자꾸 전화한다네
겨우 두 번 했는데 하니 잠시 후 빼준다네
20분을 기다리다 올겨울 제일 추운 날이라
폭발하고 말았다네
자기도 현장 와서 보니 박스는 엉망이고
음식물 버리러 온 사람들 불편한 걸 보니 수그러든다네
그러면서 구구절절 자기는 이 동에서 칭찬받고 있다네
어른들 공경하고 배려하면서 산다고… 아이고 우스워라
그래서 경비원 왈,

백 명 중에 백두 명은 자기가 착하고 훌륭하다고 일침하고
나 역시 사람 좋거든 하면서 열을 올렸다네
이렇게 상황이 종료됐고
뒷날 출근하니 아무런 말이 없다네
이왕 터진 상황이고 처받을 때는
확실하게 처발라야 조용하다네
이게 세상의 이치라네
오늘도 초심을 되뇌고 자리에 앉는다네

꼭두새벽 출근길

일요일 새벽
세상은 고요와 적막 속에서 죽은 듯이 조용하고
한겨울 꼭두새벽 출근길
눈 비비자마자 먹는 둥 마는 둥 한술 뜨고 출근한다

날씨는 너무 춥고 입에서는
덜덜덜 하는구나?
아침 출근길에 벌써
고급 안주에 혼술이
갑자기 생각나네

적당히가 될지 모르지만
적당히 마시고
분위기 있는 노래 틀어
멍때리고 싶어지네

오늘 일과 생각하면서
일어나지 않는 일까지 머리에
그려지는구나

아침 출근길에 이런 생각이 드니
오늘 하루가 길 것만 같다

경비 서면서 시련을 겪다

홍길동 반장님께서 말씀하신
휴게시간 교대의 건은 저로서는 들은 바도
없는 금시초문이며 당연하다는 듯하시는 말씀에
조금은 황당하였습니다.

계속해서 같이 근무를 해야 하는 처지에서
분명한 저의 입장을 밝혀야만 될 것 같습니다.
여러 문서를 봐도 휴게시간이 명시되어 있는 만큼
개인적인 관계로 바꿀 수는 없습니다.

이런 시스템이 ○○○ 조장님 개인이 편하려고
만든 것도 아니고
오랫동안 관리소와 에스원과 우리 회사가
업무의 지속성을 위해 짜인 시스템으로 보입니다.
그렇기 때문에 회사에서 명시된 휴게시간에
모두가 서명날인을 하고 동의를 한 것입니다.

임의로 반장님들의 의견을 들을 수도 없으며
우리 B조가 A조와 다르게
독단적으로 운영할 수도 없습니다.

홍길동 반장님께서
불합리하다고 판단하시면 회사에 건의를 하시고
그에 따른 변경 지침이 내려오면
저는 따르도록 하겠습니다.

바로 "OK" 답장했다네

홍길동 반장님,
서론은 빼고 직설적으로 말씀드리겠습니다.
어제 사안은 저로서는 도저히 묵과할 수가 없으며,
이 상태로는 같이 근무한다는 것 자체에 대해 자괴감이 듭니다.
제가 부족한 점이 있는지 되돌아보기도 하고 반성도 합니다만,
어제 일은 있어서는 안 되는 일이 생겼습니다.
그리고 그런 일이 처음이 아니기에 어쩌면 이 상태로 봉합이 된다면
또다시 반복될지도 모른다는 생각이 듭니다.

그래서 저는 반장님께 공식적으로 사과를 요청합니다.
오늘 하루 잘 생각해 보시고 6월 26일(토)에 사과를 하시든, 저에게 항의를 하시든, 소명을 하시든지 해주십시오

조원들이 있는 가운데 공식적으로 사과를 해 주시면 고맙겠지만, 그럴 의사가 없으시다면 저는 6월 26일 B 조원 모두가 모이는 티타임을 열 생각입니다.

티타임을 통해 다음 사항에 대해 조원들에게 의견을 구할 생각입니다.

1. 업무 지시에 대한 대응 방법
2. 동료에 대한 욕설과 비난
3. 경비업 직업에 대한 편견과 비난
4. 회사 상관에 대한 인신공격 등입니다.

차마 글로 옮기지 못할 내용입니다만
본인은 내용을 잘 알고 계시기 때문에 이에 대해
해명이나 소명을 하시든지, 아니면 사과를 해 주십시오.
일단 저는 같은 내용에 대해 3차례나 반복되다 보니
감정절제가 조금 부족했고 또 표현의 방법이 서툴렀다는 점에 대해 홍길동 반장님의 양해를 구하면,
향후 합리적인 방법으로 업무 지시 등을 추진하도록 하겠습니다.

저도 이 같은 내용을 홍길동 반장님뿐만 아니라 다른 반장님께도 전하도록 하겠습니다.
쉬는 날 잘 생각하시고 올바른 판단을 하셨으면 합니다.

○○○ 드림

한 시간 삼 분 후 "좋을 대로"라고 문자 날렸다네
20분 후 조장 왈,

네, 좋을 대로…라는 말은 사과를 안 하시겠다는 뜻으로
받아들여도 되겠습니까?
또다시, 명확하게 해 주시면 고맙겠습니다.
한번 더, 저번에도 두리뭉실하게
OK라는 말로 넘어가셨는데,
이번에는 명확한 의사 표현 부탁합니다.

아이고 무서워라
우리 인생사 살아가면서 이런 말은 자주 있는 이야기고,
무슨 놈의 경비원 다섯 명에서 한 명은 조장이고
네 명은 반장으로 호칭하거늘
그 무슨 큰 벼슬이라고 상관에 대한 인신공격이란 말인가
그리고 경비에 편견이 아닌, 있는 그대로
우리끼리 자주 쓰는 말이 아니던가
간단하게 문자를 보내면 "OK" 또는 "옛슬"로 응했건만
알아보니 다른 반장들 읽었는지도 모르고 대답이 없더만

다 생각이 틀리고 한데 이렇게 크게 확대 해석 하는구나
뒷날 서로 잘못되었다고 사과하고
마무리되었건만 그래도 잊지 못할 아픈 사건이라오

남녀노소가 없구나

경비원 하찮게 여기고 업신여기는 데는 남녀노소가
따로 없구나

2022년 1월 20일 12시 47분경
방문자가 몸과 목을 움직이면서 경적음을 울려 댄다네
경비원이 자리에 서서 보니 또 누른다오
경비원 나가면서 경적음은 인품 있게 자제하라고 읊조리고
설명하려고 하니 다짜고짜 문 열라네
경비원 밀린 뒤차 입주민 전용으로 유도하고
상가에 간다고 하니, 상가 누르면
방문중 나오면서 차단기 올라간다고
상냥하게 설명하니, 멀다 하면서 또 문 열라네
그러면서 경비가 어떻고 저렇고 갈기갈기 씨불이는구나
경비원이 말하니 자기가 나이가 얼만데 한다네
그러면서 방문자 입에서 XX 놈, 욕까지 나온다네
경적음 울릴 때 행상머리 대충 짐작했건만
아이고 인품이 대단해라
저 나이에도 입에서 나오는 말본새 좀 보시오
나이가 중요한 게 아니고 행동이 중요하지 하면서 경비원
일갈하고 대화가 세게 나왔다네

그러면서 니 잘났다는 말에
경비원 왈,
우리 모친 구십 노인이 지금도 우리 차남 잘났다고
동네방네 자랑하고 다닌다네 일갈하고
마스크 내리면서 얼굴을 보여줬다네
이렇게 상황이 종료되고

끝까지 버텨낸 경비원의 결기가 훌륭하도다

경비는 한 방에 간다

입주민 택배 배송이 잘못되어
관리실로 전화했다네
관리실 기사 전화받고는 직접 가서
잘못 배송된 택배 관리실로 가지고 와서
입주 세대 전화했다네
택배, 관리실에 있다고 찾아가라 하고 전화 끊었다네
입주민 엄마 퇴근하는 딸에게 전화해서
경비실에 들러 택배 찾아오라고 하니
딸, 경비실로 찾아와선 택배 내놓으라 한다네
경비원 찾다가 택배 없다고 하니
성질을 내면서 다툼이 있었다네
5~6분을 격하게 다투고
죄 없는 문 쾅 닫고 관리실로 찾아가선
경비 관리 누가 하나 하면서 기사와도 다툼이 있었다네
그리고 집에 가서 부모에게 울분에 못 이겨 일러바치니
그 아버지 경비실로 전화해서 난리가 났다네
이런 난리는 6·25전쟁 이후 처음이라네
택배가 관리실에 있다고 했는데 엄마가 경비실에 있다 한 것도
기사가 택배는 놓아두고 전화만 해서
몇 호에 있으니 가져가라 하면 될 것을

자기는 잘한다고 한 게 일이 크게 되었다네
그리고 경비실에 전화만 한 통 줘도 이런 사달은 없었을 것을
또 경비원도 조금 침착하게
대응했더라면 이런 불상사는 없었을 것을
그다음 날 그 애비 관리실로 찾아가선
경비 자르라고 소리치니 격한 말이 오고 갔다네
이렇게 또 한 명 세상을 뜨는구나

2월

일 년 중 제일 좋은 달
2월
월급쟁이들은 더 좋은 달이다
제일 짧은 달이다 보니 월급날이 빨리 온다
한 달이 훌쩍 지나가 버린다

세월이 빨리 가는 게 아쉽지만
그런 거 따질 때가 아닌 우리네 인생

2월이 지나면 3월이 온다

추위에 움츠렸던 2월,
1월과 3월 큰달에 끼어서
있는 둥 없는 둥 있지만
희망이 싹트는 2월이다

오늘 2월 첫날

설날이다

까치설은 어저께고 우리 설날은 오늘이래요

동요도 있지만

오늘도 나와 서글프게 앉아있다

하염없이

- 2022년 2월 1일

명절 선물 2

설, 추석 명절 선물 왜 이리 야박하노
작년 추석은 상품권으로 주더니만
올 설엔 생활용품으로 대체하였구나
미화원, 경비원 합쳐서 20명에 60만 원이면 족할 것을
올 설은 샴푸, 린스로 돌리는구나
경비 절감한답시고 아무짝에도 필요 없는
선물 받고 보니 모두 다 고귀한 입에선 "쓰발"이다오

요즘 마트 1+1, 2+1, 5+1, 10+1에
가격할인에 고객 유치 한창이라오
서류상 맞추려고 29,900냥짜리 받았다고
서명날인까지 해 달라네
선물을 주고 안 주고는 지네들 마음이지만
현수막, 각종 게시물에는 명품 아파트라 구구절절 치장하고
지껄여 대건만
행동하는 본새는 어이가 없다오

선물이란 작은 것에도 고마울 때가 있고
때로는 선물 주고도 욕을 잡숫는다네
바라는 건 아니지만 그래도 이왕 줄 거면
생각하고 주어야지
아이고 야박해라! 와 이리 훌륭하노
모두 다 일갈하고
보관 잘했다가 그만둘 때
정중히 반납하고 갈지어다

2월 첫날

임인년壬寅年 2월 첫날이다
음력 1월 1일 설날이다
섣달그믐 가는 해를 아쉬워하면서
거들은 한잔 술에
밀어내고 쓸어내도 또 쳐들어오는
환갑이라는 계급장을 이마빡에 달았다네
꼭두새벽 눈 비시 뜨고
부인께서 정성스레 차려준 떡국에
든든하게 한 그릇 잡숫고 삶의 현장으로 달려간다네

설이라도 가족끼리 함께 못 하고
피 터지게 사는 모습 그저 소이부답이라네
세상은 코로나인지 마마인지
인간 세상을 휘저어 놓고
조상님 전 성묘길도 막아 버리는구나

이놈의 코로나 정국 끝날 기미가 안 보이고
사람 사는 세상, 왜 이리도 힘 드는지
좋은 날이 오리라는 희망만을 품에 안고
오늘도 결기 있게 출근한다오

올 2월은 음력 양력이 같은 날 같이 출발한다네
의미를 붙이자면 출발은 좋은 해라 생각하면서
임인년, 검은 호랑이해 나의 해! 최선을 다하자

엘리베이터 고장

○○동 ○○라인 엘리베이터에 사람 갇혔다고 신고 왔다네
고장신고 하고 바로 뛰어 현장에 가서 입주민 안정시키고
출동한 기사 문 열어 손을 잡아 올려 드리고
거동 불편한 할머니 못 올라가서 안절부절하는구나
관리실 기사 추우니 할머니 관리실에 있게 하고
고쳤다는 말에 할머니 태우기만 하고 바로 갔다네
그사이 할머니 타고 가다 2층에서 또 멈춰 섰다네
할머니 겁먹고
겨우 빠져나왔다 하네
겨우 엉금엉금 기다시피 경비실 찾아와선
숨을 몰아쉬면서 불안해한다네
이렇게 한참을 실랑이하다가 초소 반장 전화 왔는지라
내가 업어서라도 모셔 드려야겠다 생각하고
초소로 달려갔다네
할머니 당직자와 같이 와 고쳤다는 말에
타려고 하니 또 멈춰 섰다네
그사이 당직자는 곧바로 사무실로 줄행랑치고
한참을 기다리다 며느리인지 연락받고 와선
감사하다고 허리 굽혀 인사하는구나
8층까지 엘리베이터 타고 가서 계단으로 9층에

경비원의 사계

업어서 모셔다드리고 일을 마쳤다네
아이고 힘들어라 숨이 차는구나
오늘 일하면서 좋은 일 하고 나니
왜 이리, 어깨에 힘 들어가나
관리실 기사 양반!
옛말에 꿩 새끼 자기 길 찾아간다는 말도 있건만
할머니 조금만 신경 썼으면 좋았을 텐데
사무실에 우렁각시라도 모셔 놓았는지
애석하도다, 우리끼리 훌륭하다고 칭찬하였다네

정월대보름

아침 일찍 오곡밥에
토란 넣은 찜동태국, 두부, 각종 나물에
귀밝이술까지 한잔하네
한낮 친구들 모여서
동네 야산에 큰 대나무 서너 그루 베고
볏짚도 등에 지고
대나무 질질 끌어가면서 산으로 오른다
가져온 대나무 칡덩굴로 묶고
삼각형으로 크게 세우고 둘레에 볏짚 두르고
소나무 가지 베어서 둘레에 걸치고
연기가 많이 나게끔 푸른 소나무 가지로 많이 두른다네
짚으로 달도 만들어 꼭대기에 걸어두고
출입문까지 만들어 안에서 앉아
걸쭉한 막걸리 한 사발 한다네
이렇게 산꼭대기에 달집 짓고 옆 동네보다 높이 지었다는
자부심에 좋아하곤 했지
그렇게 기다리다 달을 제일 먼저 본 놈이 "달이다!" 하면
불을 지피고 징을 울리고 꽹과리를 쳐댔지
달집을 태우고 남은 대나무는 가지고 와서
액운을 물리친다고 기와집 지붕에 던지고

풍물패에 긴 막대 든 포수 앞세우고 집마다 돌아가면서
지신밟기를 해 주었지
그러면 집주인은 막걸리에 돈도 주고 했던 추억들

정월 대보름날의 잊지 못할 아련한 추억들

- 2022년 2월 15일

담배의 일생

한겨울 꽁꽁 언 땅에
묘상지 준비한다고 말뚝 박아서 울타리 만들고
온열재로 볏짚 썰어서 넣고 물을 듬뿍 뿌린다네
그 위에 편편하게 흙을 깔고 마지막엔
아주 고운 흙으로 덮고 하우스를 짓는다오
며칠 후에 위에 씨앗을 뿌리고
담배 씨앗은 볼펜으로 점 하나 찍은 것과 같이
너무 작아서 손톱으로도 잡히지도 않는다네
이렇게 한 달 정도 묘상지를 덮고 걷고 물주기를 한 달
애지중지 키운 묘종을 신문지, 헌책으로
일일이 만든 종이 포트에 흙을 채우고
묘상지에 질서 정연하게 하나하나 심혈을 기울여 놓아두고
하나하나 묘종을 이식한다네
이렇게 매일매일 물을 주고 덮고 걷기를 한 달 정도 하면
묘종이 파랗게 자라면 논으로 밭으로 시집을 보낸다오
논에 골을 만들고 적당한 간격으로 묘종을 이식하고
비닐로 덮어 주고 한 달 정도 키우면
비닐을 뚫어주고 흙으로 북을 돋운 다음 두 달을 키운다오
어른 키만큼 크면 더 자라지 말라고 위에 있는 순을 잘라주지
잎이 커지라고 옆에 있는 순은 일일이 따내야 한다네

이 일에는 남녀노소가 없고 죽은 귀신도 거들어야 한다네
코흘리개도 노동일에 동원되곤 했지요
이렇게 공들인 담배는 잎이 오육십 센티는 자라서
밑에서부터 누렇게 되면
하나하나 잎을 까리고 한 잎 한 잎 엮어서
담배 건조실로 들어간다오
예쁘게 엮은 담뱃잎을 건조실에 매달면
하나의 예술작품이 되었지
삼일 정도 약한 연탄불에 누렇게 띄우고
한불을 올리는 날은 너무 더워 연탄을 갈아줄 때
한증막이 따로 없다오
이렇게 일주일을 건조하면 때깔이
황금색으로 변하면 힘들었던 농사일이 사르르 녹는다오
이렇게 대여섯 번을 굴에서 구워내고
한여름 다시 등급별로 한 잎 한 잎 선별해서 보관하고
공설운동장에 수매 날이 잡히면
그날은 잔칫날이었지
한쪽에선 돼지 수육을 삶고 국밥을 끓여서
식사하곤 했지
저녁때면 등급을 잘 받은 아버지는 기분이 좋아
술도 얼큰히 한잔 거들고 우리도 고깃국에
온 가족이 좋아했다네
그 돈으로 어디 어디 쓰고 계획까지 짜면서 밤을 지새웠지
그 당시 담배 농사는 전매특산품이라 국가에서 수매했고

농민들에겐 담배가 최고의 농가 소득 작물이었다오
이렇게 우리는 일하며 학교에 다녔고 그렇게 자랐다오
볼펜 점만 한 씨앗이 어른 키보다 훨씬 큰 작물로 변하고
잎이 필요하니 꽃은 필요 없는지라
꽃 자체도 너무 아름답다오
인간들이여!
씨앗이 적다고 갈새하지 마오
우린 이렇게 작은 씨앗으로 태어났지만
이렇게 크고 인간들의 고달픈 인생살이 시름 풀어준다오
보잘것없고 작다고 업신여기지 말고
못나고 조금 뒤떨어진다고 흉보지 마세

각종 민원

경비원 일 하다 보면
입주민들 각종 민원 남발하네
충간소음 민원, 세대흡연 민원, 주차문제 민원 등등
보편적인 것도 있지만
뜻밖의 민원도 생긴다오
○○세대 입주민
자기가 밖에서 담배 피우고 있으면
까마귀가 날아와 자기를 위협한다네
자기가 다른 곳으로 이동하면
따라와서 뒤통수를 위협한다네
무슨 까마귀와 악연인지 모르겠지만
우리에게 대책을 세워 달라네
몇 분을 얘기하다 관리사무실에 가서 소장에게 문의하라고
조심스레 떠넘기고
아이고 우스워라 헛웃음만 나온다오
이외에 엘리베이터 쥐 소동
맑은 날 베란다 물청소한다고 비가 오는 날 하라는 전화민원
경비원이 처리해야 할 일 차고 차고 넘치구나

아슬아슬 인생

경비 일을 하다 보면 정말 뜻밖의 복병을 만난다네
각 동 초소에 방문 차량이 들어오면
미등록 차량은 차단기가 안 올라가니
정문 초소로 인터폰이 온다네
그러면 입구에 미등록 차량 출입금지 입간판이 서 있지
않으냐 옆에 경비실에서 문을 안 열어 준다고 하고
정문으로 들어와서 정상적으로 방문증 받고 하시라 하고
방문자 뒤로 후진하려고 하니 차량이 두서너 대 밀리면
차에서 내려 인터폰이 온다네
그렇게 사정하면 안 열어 줄 경비원이 어디 있겠나
벼슬한 것도 아니고
그러한 사정에 열어줬더니
잠시 후 전화벨 울려서 받아보니
조금 전 문 열어줬냐고 윽박지르면서
보시다시피 조금 전 상황이 그렇게 되었다고 하니
그렇다고 마구 문을 열어 주면 어떡하나
외부 차량이 많이 주차되어 있다면서 목소리 높인다네
아이고 다음에 조심조심하겠습니다 조아리니
한번 더 그러면 가만히 안 둔다고 소리치며
전화 끊는다네

또 다른 인생은 정문으로 들어와선 바로 경적음을 누른다네
경적음은 자제해 달라고 읊조리고 공손히 이야기했는데도
반말했다고 윽박지르고 성깔을 부린다네
이렇게 아슬아슬 하루를 넘기자니
너무 힘들고 어려워라
이 와중에 총무 양반 전화와 조장 받으니
외부 차량 통제 확실히 하라고 지시한다네
그분들 머리엔 무엇이 들어 계시는지는
두고두고 의문이라오
이러다 보니 미등록 차량이 혹시라도 인터폰 오면
그 뒤 바로 훌륭한 총무 양반이 뒤따라올 수도 있고
너무 겁이 난다오
또 다른 훌륭한 입주민은 관리실로 찾아가선
너무 빡세게 한다고 게거품을 문다네
그러면서 아파트 소문 안 좋게 난다고 항의하니
소장 양반 바로 전화 와 그냥 열어 주라고 한다네
동대표, 감사, 총무 감투 쓴 인간들이란
생각 구조가 어떻게 생겼는지 다 한 몸이라오

이래도 힘들고 저래도 힘들어
처신이 어렵다오

춘삼월이 왔다

꽃피는 춘삼월이 왔도다
정말 뜻깊은 삼월이다
선조들의 독립운동 한 삼일절도 기다리지 않았고
꽃피는 춘삼월도 기다리지 않았다
그리고 대단한 기념일이나 적금 타는 삼월도 아니다
그저 하루하루 생활하는 신세인지라
일 년을 학수고대하고 기다렸다오
그래도 아무리 어려운 여건에서도
일 년을 버텨냈다는 것은 나 같은 필부에겐
너무 경이로운 일이고

남이 인정해 주든, 아니든 정말 경축할 일이로다!
일 년을 버텨내면서 그 얼마나 우여곡절이 많았겠나
거짓말 조금 보태서 족히 십년은 흘러간 것 같다오
경비 일 년이라도 채워야만
그 많은 퇴직금에 연차비도 혜택 대상이요
각종 보장도 누린다오
이게 우리 같은 사람이 생각하고 생활하는 방법이라오
이렇게 인생 잘게 산다고 욕하지 마시게나
이런 작은 행복도 만족하면서 사는 이내 인생

경비원의 사계

무엇이 부럽고 무엇을 원망하랴
이게 다 마음먹기에 달렸다오
없어도 내 마음이 풍족하면
좀 가졌다는 부자 양반 뭘 부러우면
좋아하는 일 하면서 소주잔 기울이는 행복은
누구는 모르겠지

- 2022년 3월 말

봄은 왔건만

꽃피는 춘삼월 봄은 그냥 찾아왔건만
이내 인생살이 화사하지 못하네그려
매화꽃, 산수유 피고 지니 진달래, 벚꽃이 만개하여
지천으로 깔렸구나
또 조금 있으면 백일홍이 지천에 흐느끼듯 막 피어날게고
이렇게 코로나 시국에도 꽃은 어김없이 피고 지네
시절이 시절인지라 해마다 북적대는 꽃놀이 축제도 사라지고
이놈의 인간들을 우리 속에 가두어 놓는구나
이쯤이면 자주 등장하는 춘래불사춘이라는 명문장도
올해는 지껄대는 훌륭한 사람들이 없네그려
정말 봄은 왔건만 봄 같지 않은 우리네 인생살이
너무 답답하다오
개인적으로는 육십 년 전 이 좋은 시절에
세상은 나를 내어놓았건만
이렇게 허송세월하다 보니 한 갑자가 퍼뜩 지났네그려

세상엔 어김없이 찾아오는 게 많이 있다오
계절이 그렇고
인생이 그렇고
세월이 그렇고
또 찾아오는 끼니가 그렇네
나 지금 밥 먹으로 간다오

환갑 풍경

우리 클 때만 해도 환갑은 인륜지대사였다네
먼 데서 친척들은 앞다투어 찾아오고
가까운 이웃 떡을 해주고
누구는 식혜 누구는 묵을 해주고
인정이 넘치는 살맛 나는 시절이었지
병풍치고 풍성하게 차려진 상 앞에 앉아 사진 찍고
정성 들여 장만한 음식에 막걸리 얼큰하게 들이키고
정말 큰 행사였다오

동네만 둘러봐도 50세 전에 돌아가신 어른들이
수두룩했다네
그런 환경에서 자란 우리 세대이다 보니
환갑이라 조금 크게 생일상을 꿈꾸었다네
하지만 현실은 환갑 소리도 못 꺼내게 한다네
생일상에 나물도 없이 과일, 조기, 미역국
조촐하게 준비해 먹고
저녁에 아들딸이랑 고깃집에서 술 곁들인 식사가
환갑 잔치라네

이제 큰 돌잔치도 했으니
칠순 잔치를 위해서 열심히 살자

- 2022년 4월

또 봄이다

봄!
꽃!
매화가 맨 처음 꽃을 피우더니
산수유나무가 노랗게 핀다
벚꽃이 지천에 날리고
강변에도 유채꽃이 강을 덮었다

도로 주변 아파트 울타리에도
조팝나무가 박상 튀우듯
하얀 꽃을 피우고
시골집 장독대 앵두나무도 하얀 꽃을 피웠네
내년에는 우리가 심은
탱자꽃이 시샘하듯 피겠지

또! 봄이다!
상부로부터 월, 목 꽃 화분에 물 듬뿍 주라고
하명 지시 내려오고
우리는 시들세라 얼마나 가슴 조아릴지
이렇게 꽃피는 순서처럼
어김없이 찾아오는 경비원의 봄

꽃을 바라보면서 한숨짓는다

- 2020년 화창한 봄날

봄날의 소망

오늘은 월급날
매월 꼬박꼬박 빠져나가던
국민연금이란 놈이 떨어져 나가지 않았네
여태껏 그놈 끝날 날만 학수고대했건만
막상 끝났다고 생각하니
왜 이리 가슴이 아파지고 저미는지

시쳇말로 옛날 예비군 훈련 끝나면
남자 인생 종친다는 명언이 있었지
요즘 국민연금 끝나면 인생 끝이라오
앞으로 삼 년 후 그놈 수령하려면
삼 년을 더 기다려야 하건만
동기부여 차원에서 삼 년짜리 적금을 붓기로
크나큰 결심을 했다오

이네 인생
오늘 아침 일을 저녁에 알 수 없는지라
얼마나 머물지 모르겠지만
그래도 이렇게 누구도 감히 생각지 못하는
큰 결심을 단행했다네

어디까지 갈지 장담 못 하지만 가는 날까지 열심히 살련다
목표를 채우지 못하더라도 세상, 사람들아 비웃지 마시게
이 범생에겐 너무도 큰 동기부여라네

- 2022년 4월

세월

젊은 시절 없는 살림에도 집에는 늘 사람이 끓었었지
할머니들 모이면 네다섯 명은 기본이요
부침개 반죽하여 정구지, 방아잎 총총 썰어 넣고
뚝딱 찌짐 부처내면 할머니들 맛있다고 먹어대고
그 손은 도깨비방망이였지
모든 일도 빠르고 깔끔하게 처리하던 나의 엄마
행동은 민첩하고 군더더기가 없었다오
세월이 흐르다 보니
강산이 많이 바뀌다 보니 옛날 모습은 없어진 지 오래고
꾀죄죄한 몸뚱이에 천덕꾸러기 신세 됐네
아들들도 환갑 지나 나 역시 늙고 있고
엄마 집 찾아가면 늘 불만 아닌 불만이라오
옛 선현들 부모 물건 함부로 하면 안 된다는 참교육을
못 배운 이내 아들 죽으라고 버리고 또 버려도
늘 가면 또 차고 넘친다오
세월이 지나다 보니
나 역시 나이가 들 거고 다 따라가는 인생인데
우리네 부모 세대 안쓰러워 못 보겠네
젖은 땅에 밭매느라 옷에는 흙이 달라붙어 한 짐이고
유모차에 의존한 채 살아가는 우리네 부모 인생

　　　　　　　　　　　　　　　　경비원의 사계

이렇게 언쟁 있어 본들 조금 지나면 깔깔거리고
우리 아들 최고라고 웃음꽃 만발하네
그 누구를 탓하겠소
흐르는 세월을 원망하겠소
우리 역시 다가오는 당신들의 세월을
몸뚱어리로 막을 수가 없다는 게
그저 한스러울 뿐이라오

이만정貳萬停

옛 선현들 은퇴하면
미련 없이 낙향하여 유유자적 말년을 보냈다지
이름만 들어도 훌륭한 선현들이
한국 역사, 중국 역사에 이름을 올렸구나
이내 몸도 요즘 들어 낙향 준비하느라
경복궁 기둥만 한 나무 준비 한창이네

그 무거운 기둥을 옮기고는
이마에 땀 닦으면 자화자찬 늘어놓고
이다음에 완공하면
이만정貳萬停이라 이름 짓고
손수 전각 한 현판 직접 걸어놓고
성대한 낙성식에
이름난 풍류객 방방곡곡 전령 돌려
산해진미에 마음껏 취해 보리라

불법폐기물 2

○○동 입주 세대
신고 없이 책장 내어놓아서
불법폐기물 딱지 붙였다네
입주민 찾아와서 불법폐기물 부착했다고
찾아와선 항의하고 게거품을 물었다네

불법폐기물 대신 미신고 폐기물로 고쳐 쓰고
불법폐기물은 수거되지 않습니다를
미신고 폐기물은 수거되지 않습니다로
만장일치로 법을 개정하였다네

재활용품 수거일에 종이 박스에 유리가 들어 있다고
직접 찾아와서 우리 아파트에 이런 사람이 있냐고 성토한다네
이런 부류의 양심 불량은 지천에 깔려건만
어찌 자기만 고고한 체한다오

사람마다 다 틀리겠지만
우리 인생들 따져 보면 다 거기서 거기라오
우리 모두 한 번쯤 반성하면서 삽시다

대암산

대암산 자락에 위치한 나의 보금자리!
인생을 살면서 많은 생각을 잉태하게 한
뜻깊은 장소였지
그곳에서 한 갑자를 맞이했고
이렇게 공부할 기회도 주었던
인생에서 잊지 못할 생각을 가져다준
나의 보금자리

이내 몸 떠난다고 원망은 마시게나
인생은 만나면 헤어지기 다반사고
그것을 슬퍼하거나 노하지 말게나
주변을 둘러봐도 60 이후 세월은
너무 빠르다오

건강하게 생활하고 활동하는 시간도
어느 정도 정해져 있지 않나
그러할 시간도 이제는 얼마 남지 않은 것 같아
가슴은 아리지만
그래도 뜻깊은 여생을 조금이나마
즐기면서 살아야 하지 않겠나

지금까지 살면서 산전수전 겪은 이내 몸
나 스스로에게 위안해 하면서 웃자꾸나

한 많은 대암산이여!
변함없이 늘 그 자리에 있어다오

그대는 아는가

그대는 아는가
인생은 꽃길만 있는게 아니라는 것을
그대는 아는가
인생은 누가 대신 살아주지 않는다는 것을
그대는 아는가
인생은 자기 의지대로 되지 않는다는 것을
그대는 아는가
인생은 1등만 존재하는 것이 아니라는 것을
그대는 아는가
공동묘지에서도 자기 할 말은 다 있다는 것을
그대는 아는가
영화에 주연보다 더 빛나는 조연이 있다는 것을
그대는 아는가
나같은 어중개비가 있기에 당신이 더욱 빛난다는 사실을
그대는 아는가
굽고 보잘것없는 나무가 장수한다는 것을
그대는 아는가
인생은 그냥 이렇게 흘러간다는 것을
옛날 2500년 전 공자 형님도 냇가 둑에서 퍼져 앉아
흘러가는 물을 보고 한탄을 했다지

그대는 아는가
못난 년이 거울 깬다는 진리를
그대는 아는가
소경이 개천 나무란다는 진리를
개천은 늘 그 자리에서 묵묵히 버텼건만
자기 못난 것은 생각지 않고 남을 헐뜯고 비방하고
업신여기고 구박하는 이 못난 인간 세상을

우리 엄마, 구순 노인이 아들 보면 늘 하는 말이
건강이 재산이라는 말씀에
이내 아들 대꾸 왈,
건강은 골뱅이라고

늘 꿈만 꾸지 말고 닥치는 대로 살아온
이내 인생!

가진 자에게는 금수강산이요
없는 자에게는 적막강산이라는 시쳇말
이 말이 명언이라오

- 2022년 5월

약속은 지켜라

입주 세대 젊은 새댁 아이 데리고 찾아와선
4동 앞 도로에 새끼 까마귀가 다리를 다쳐 도로에 있다네
로드킬 당할까 봐 경비실을 찾았다네
아이고 기특해라 지금은 갈 수 없고 조금 있다가 교대 시간에
직접 가겠다고 안내하고
조금 후 현장에 출동했다네
도착하니 도로에 새댁 둘이랑 아이 둘이 앉아있다네
까마귀를 화단으로 유인해도 차량 밑으로 들어가
오늘 일요일이라 차량이 안 움직이니 괜찮다고 하고
까마귀에게 박씨 두 개 이분들에게 물어다 주라고 하고
나는 부자 되기 싫다 하고 돌려보냈다네
그전에도 불법주차 단속 안 한다고 지적하고 가서
조치하겠다고 해놓고 현장에 나타나지 않아
난리를 쳤던 아픈 기억
오늘 건은 바로 임무 완수하니 와 이리 잘했노
이렇게 가지도 않고 거기에 있을 줄이야
경비는 근무서면서 뜻밖의 일들이 일어난다네
이렇듯 경비업무는 너무 힘들다오
아무 일도 아닌 것도 큰 문제가 되고
큰 문제도 아무 일 없던 것이 된다네

경비원의 사계

이렇듯 입주민과의 사소한 약속도
꼭 지켜야 한다오

동대표의 권력

○○동 동대표 아들
경비실로 찾아와선 어젯밤 오토바이를 넘어뜨리고
달아난 범인을 찾는다고 CCTV 확인하자네
확인 중 경찰에 신고하고 경찰 입회하에 확인하면서
조장에게 차량번호 가르쳐 달라고 하니
사생활 보호법에 의거 경비실 조장이 안 가르쳐줘 다툼이 있었
다네
잠시 후 동대표 씩씩거리며 경비실로 찾아와선
소장께도 연락하니 안 된다고 하니 더 열을 받았다네
자기 집 앞마당에서 뺑소니를 당했는데 이것도 안 되나 하면서
노발대발 열을 내면서 게거품을 문다네
자기들끼리 하는 카톡방에 구구절절 장문의 글을 올리니
유유상종이라 똥은 똥끼리 뭉치고 초록은 동색이라
동대표 회장까지 찾아와선 조목조목 취조하듯 하는구나
이 문제로 동대표 왈, 업체 바꿔야 된다고
8년 동대표를 했는데 어쩌니저쩌니하면서 행동한다네
아이고 겁나라
이 보잘것없는 권력도 끗발이라고 목숨을 거는 저 본새 좀 보소
이것 보면 국회의원 나리님들은 그래도 이해가 간다오
아이고 무서워라 동대표 권력

이렇게 옥신각신 월요일 업체, 소장, 동대표 모여서
이번 일을 마무리를 짓는다고 하면서 돌아선다네
앞으로 한두 달 납작 엎드려 살고 지고
인간들이여 자제를 부탁하오

- 2022년 5월 22일

책을 내면서

이내 인생 육십줄에 조용히 살다 보니

남는 게 시간인지라

근무일에 지루하고 허무해서

그날그날 있었던 일을 기록하다 보니

얇은 책 한 권이 완성되었도다

경비 일 하면서 입주민들과 부딪치고

방문객과 부딪치고 조금 험했던 시간도

세월이 약인지라 아무것도 아닌 일처럼 되어버렸다오

다 세월이 지나고 흐르다 보면

좋았던 싫었던 일도 이렇게 잊혀진다네

여기에 조금 얄밉게 기록된 사람들이여

모두 다 용서하시게나

이게 다 한번 기쁘게 웃을 거리를 만들고 싶었다네

그러니 너무 날 나무라지 마시게나

옛 문헌들도 보면 옛날 훌륭한 선현들은 자리에서 물러나면

고향으로 낙향하여 유유자적 말년을 즐겼다오

이 이만貳萬 또한 선현들의 유지를 받들어

잡초 우거지고 허름한 집 아니 거둘 수 있으랴

내 빨리 돌아가서 자연을 친구삼아

작은 오두막 하나 짓고 허허실실 살면서

깨끗한 노후를 보내고 싶다오

변변찮게 태어나 여기까지 오면서 우여곡절도 많았다오

이게 다 이 몸 타고난 운명인지라 나무랄 건 아니지만

그래도 가끔은 하늘을 원망했다오

이제야 다 지난 일 생각일랑 접어두고 남은 삶

가족 위해 헌신하고

날 위해 살아가리라

- 2022년 5월

절필을 선언한다

지가 언제 글쓰기 했다고
머리도 딸리고 눈도 침침하고
어른들 말로 쇄가 났는지
쳐다도 못 볼 위인 형님들을 대하자니
너무 감사했고 너무 훌륭해서
무어라 형용할 수 없다오

이렇게 일 년 하고도 몇 개월 동안
많은 것을 깨쳤고 행복한 시간이었다오
학교 다닐 때도 안 하던 공부
늦게 입문하니
행동거지에 보이지 않은 변화가 일어났고
생각에 한번 더 신중을 기한다네
자기 버릇이 어디 가겠나 만은?

주희 선생의 말씀을 빌리자면
오늘 배우지 않고 내일이 있다고
말하지 말라 했거늘
열심히 살아온 이만선생께 자화자찬하면서
이만 글쓰기를 마칠까 한다오

여기까지 책을 읽고 했다면
보잘것없는 책이지만 그래도 한번 웃고 했을걸
나의 수고를 깊이 헤아려 주시오
주변인들에게 권해서 힘든 밥벌레 인생! 밥 좀 먹게
이만선생의 책 좀 사보시라 권하게나
이만선생이 삼만선생으로 불릴 수 있게 해주오

- 2022년 6월

나의 인생

인간은 추억을 만들기 위해 살아가는 존재라고 합니다.

나는 1962년 3월 6일 새벽 2시경, 그 어지럽고 험한 세상을 대책 없이 무작정 태어났습니다. 물론 부모님들은 생각이 다르셨겠지만, 병인년 호랑이해에 범이란 놈이 왕성하게 활동할 시간에 그것도 만물이 생동하는 이른 봄에 태어난지라, 생시를 너무 잘 타고 태어났다고 할머니가 살아생전에 늘 말씀하시던 기억이 납니다.

어릴 적 우리 집은 너무 가난했습니다. 대부분의 시골 살림이 거기서 거긴데 유독 우리 집이 더 가난했습니다. 왜 그렇게까지 가난했는지, 집 꼬락서니라곤 오두막에 주춧돌은 어른 손바닥보다 조금 컸고 가운데 기둥은 장골 팔뚝보다 약한 게 나무도 휘어있어 차마 기둥이라고 말하기 쑥스럽기까지 했습니다.

어느 집 헛간 쇠가래보다 약한 기둥에다 청(마루)은 판자로 듬성듬성 이어져 있었고 걸레로 훔치려면 못대가리와 나무 가시에 걸레가 걸려서 찢어지기도 했습니다. 또한 나무 가시랭이가 손바닥에 박히는 일도 종종 있었습니다. 더구나 걸어 다니면 삐거덕하는 소리가 나는데, 금방이라도 꺼질까 봐 겁이 났습니다. 청에서 방으로 들어가는 너무 낮은 문에 자주 머리 잔골을 부딪쳐서 얼마나 아프고 짜증이 났는지 모릅니다.

할머니가 기거하시는 큰방에서 형제들이 같이 생활했는데 어린 우리가 누워도 비좁은 방이었습니다. 큰방에서 할머니가 얼마나 곰방대 담배를 피워 댔는지 온 방에 담배 냄새가 배어 있었습니다. 저녁에는 호롱불 밑에서 숙제를 했습니다. 그 작은 방에서 초등학교 4학년까지 살았습니다.

작은방은 부모님이 기거하셨는데, 방 가운데를 큰 사다리로 가로지르고 헌 가마니 등으로 벽을 쳐서 고구마를 노다지로 부어 놓았습니다.

분딧골 고구마 농사는 정말 잘됐습니다. 소 꼴 먹이로 여름에 가면 고구마를 캐서 먹곤 했습니다. 방 한쪽에는 나락 가마니가 대여섯 개 쌓여 있었고 누워 자는 공간은 요즈음 애들 모기장보다 작았습니다. 말이 방이지 부잣집, 아니 조금 산다는 집 헛간 수준도 되지 않았습니다.

겨울철 긴 밤에 먹을 거라곤 고구마, 땅속에 묻어 놓은 무가 유일한 먹거리였습니다. 밤이면 굴묵 뒤에 가서 무도 꺼내 먹고, 고구마도 먹고 나면 주둥이 주변이 시꺼멓게 물들었는데, 우리는 그 모습을 마주 보면서 깔깔거렸습니다.

열 형제가 다 같이 굶고는 화목하게 지낼 수 있어도, 어디서 밥 한 그릇 생기면 비로소 다툼이 생기고 전에 없던 불만도 생기는 법입니다. 그렇지만 없이 살아도 우리 집 형제는 우애가 조금 있었던 것 같습니다.

위에 형님, 밑에 두 살 터울로 여동생, 나와 나이 차가 아홉 살이 나는 막내가 있었습니다. 그 당시에는 형제들이 클 때 유별나게 서로 싸우고 울고 하는 집들이 많았습니다. 우리 집 형제들은 그런 다툼 없이 서로 사이좋게 지냈습니다.

어릴 때 아버지의 하나뿐인 누이 고모님 댁에 자주 놀러 갔습니다. 갈 곳이라곤 선왕골 고모님 집과 당살미 외갓집밖에 없었습니다. 엄마는 고모 집도 어렵게 사는데 놀러 가지 말라고 해도 떼를 써서 방학 때면 걸어서 십오 리, 꼬불 길을 걸어서 다녔습니다. 고모님 집은 삼봉산 밑 선왕골이라는 동네에 있었습니다. 아라 가야 시대 왕실들이 살았다는 동네입니다.

집에서 걸어가면 산 넘고 물 건너 한참이 걸립니다. 아이들에게 그 거리는 더 멀고 힘든 거리였습니다. 형님과 나는 밑에 여동생을 떼어 놓고 몰래 가는 경우가 많았는데 어쩌다 들키면 늘 핑계가 꽃고무신을 사 준다고 꼬셔 대고, 뛰어서 도망치듯 내뺀 적도 있습니다. 그러면 여동생은 형님과 내가 멀어질 때까지 발을 동동 구르면서 울고불고 난리였습니다.

형님과 나는 상귀 동네를 거쳐서 갈가마기 동네를 지나서 어린 걸음으로 힘들게 걸어서 고모 집에 도착하곤 했습니다. 고모님 집도 가난해서 먹을 것이라곤 밥, 물외뗏국, 김치 등이 전부였습니다.

고모님 집은 형님들 누나들 삼남 삼녀를 두었는데, 막내가 내 한 살 위 누나였습니다. 고모님과 고모부님이 인자하시고 좋은 분들이었고, 형님과 누나들 역시 우애가 좋았고 형님들도 공부를 잘했던 기억이 납니다.

여름 방학 때 고모님 집에 가면 바로 집 위에 있는 산에서 소를 먹이던 기억, 둘째 형님이 삼봉산 뒤쪽 밭의 물외를 따서 지게 바자리에 지고 와 먹었던 일, 집 앞 형님 친구를 놀려 먹던 일 등 많은 일들이 기억에 남아 있습니다.

고모님 집은 오두막집이었는데, 큰방 아닌 큰방과 부엌에 딸린 아주 작은 방이 있었습니다. 그 작은 방에는 누나들이 기거했습니다. 마당 옆 소 외양간 옆에 딸린 방이 하나 있었는데 형님들이 지냈습니다. 그 방은 소죽을 끓이던 곳입니다.

옛말에 개천에서 용 난다고 형님들 모두 잘되어서 잘 살아가고 있습니다.

표현을 좋게 하자면 동화 속에 그림 같은 집입니다. 한여름 밤이면 모깃불을 놓아 연기가 자욱해 오소리 굴과 같았고 우리는 매워서 콜록콜록하며 수박, 참외를 쪼개어 퍼질나게 먹어 대다 배가 탱글탱글해 파리가 미끄럼을 타고 놀 정도였습니다. 이게 어릴 적 고모님 집에서 놀던 풍경입니다.

외갓집은 당살미 다리 옆에 있었습니다. 당살미는 당산동의 다른 이름으로 옛날부터 그렇게 불렀습니다. 다리는 일제 강점기에 놓아진 다리였는데 다리 교각이 높았습니다. 다리의 원래 이름은 조일교인데 지금은 사람만 건널 수 있습니다.

외갓집은 그 당시 1970년대에 기와집에다 소달구지가 있었고, 큰 소도 두 마리가 있는데, 둘안에서는 조금 사는 집이었던 것 같습니다. 부엌도 크고 청도 달린 집의 작은방 앞에는 큰 쇠죽을 끓이는 솥이 걸려 있었습니다.

제삿날에 가면 큰 밥그릇에 밥을 고봉으로 꾹꾹 담아줘서 늘 부담이 되었습니다. 지금 커서 생각해도 엄청난 밥 양이었습니다. 외할머니는 우리가 쌀밥도 제대로 못 얻어먹는다고 밥을 더 올려 주셨겠지만, 어린 마음에 '밥그릇이 왜 이리 크고, 밥은 또 왜 이렇게 많지.' 하며 혼자 끙끙댄 지난날을 떠올리면 외할머니의 외손자 사랑에 가슴이 뭉클해집니다.

집 앞에 조그만 개울이 흐르고 비가 많이 오면 늘 범람했는데 초등학교에 가려면 그 개울을 뛰어서 건너가야 했습니다. 발음이 좋지 않았던 내가 여동생이 못 건너오는 모습을 보며 "개똥아, 니는 모 도재!" 하면서 놀린 말이 유행어가 되었습니다.

"개똥아, 니는 모 도재!"라는 이 소리는 "너는 물 못 건너 오지!"의 혀짤배기소리입니다. 그 당시 준이가 말을 많이 더듬었는데 친구들이 따라 하다가 같이 말을 더듬게 되었습니다. 그래서 나만 보면 동네 형들이 "야, 니 모 도재!" 하면서 놀려 댔습니다.

초등학교에서 늘 콧물이 흘러 인중이 하얬고, 구슬치기와 딱지치기를 너무 쳐대서 때가 꼬질꼬질한 손이 트고 갈라져 손등에 피가 어려 있었습니다. 시골 아이들은 대부분 이렇게 놀면서 하루를 보냈습니다.

한겨울에는 반짓골 못까지 올라가서 스케이트를 타면 할머니가 그곳까지 올라와 빠져 죽는다고 고함치던 일을 지금도 친구들은 기억합니다.

경비원의 사계

겨울철에 손이 트면 손을 부드럽게 하려고 쇠여물로 끓인 것을 세숫대야에 퍼 와서 손을 불려 문질러 대면 피가 나곤 했습니다. 쇠죽을 끓일 때 현미 딩기(쌀겨)를 넣어는데 이게 비누 역할을 해서 그렇게 씻고 나면 손이 제법 보들보들해졌습니다. 말 그대로 자연 크림인 셈이었습니다.

겨울철에 학교에 가려면 한참을 걸어야 했는데, 아침에 돌멩이를 구워서 손에 쥐고 다녔습니다.

우리 형제는 가방이 아니고 보따리에 책을 싸서 어깨에 메고 다녔습니다. 우리 옆집 성제도 지고 다니는 두꺼운 가방이었는데 그 가방이 왜 그렇게 명품 가방처럼 부러웠는지 지금 생각하면 웃깁니다.

그 춥고 매서운 겨울바람에 학교로 가다가 햇빛이 드는 양지바른 논둑, 밭둑에 쪼그리고 앉아 울기도 했습니다.

초등학교 4학년 때부터 숙제도 안 해 가고, 학교에서 무섭기로 소문난 선생님의 연애사에 개입되어 혼날까 봐 미리 겁도 집어먹어 준이와 둘이서 그만 학교에 안 간 게 시발점이 되어, 전 학년 동안 달포(45일) 정도 학교에 가지 않을 만큼 땡땡이를 많이 쳤습니다. 말 그대로 결석 대장이었습니다.

우리는 전교생이 다 모인 조례식에서 전교생이 다 보는 가운데 과감하게 영화 〈쇼생크 탈출〉처럼 운동장을 탈출했고 잡으러 오는 학급 친구들을 귀신이 울고 갈 정도로 따돌리던 신화 같은 존재였습니다.

친구들이 학교에서 상기동 뒷산까지 우리를 잡으러 왔습니다. 지금도 동창 모임에 가면 (그 당시 잡으러 온 놈들은 아버지가 선생이거나 좀 빵빵한 집안 자식들이었습니다.) 그 이야기하면서 웃곤 합니다.

우리는 푸른 보리밭으로 도망쳤다가 급하면 아라 가야 시대 왕릉을 찾아서 도굴꾼들이 판 굴속으로 들어갔습니다. 그곳은 입구가 작아서 밖에서는 잘 보이지 않는 천혜의 요새였습니다. 조금 전까지 자기들 앞에서 뛰던 우리가 없어지자 자기들끼리 쑥덕거리면서 아쉬워하던 때도 있었습니다.

정말 신출귀몰하던 어린 시절입니다. 그 당시 몇몇 아이들을 꿀려 먹던 친구들이 있었는데, 그중 나와 준이, 수 정도가 많이 꿀려 먹었습니다.

1974년 우리 시골에도 전기가 들어왔습니다. 전봇대를 한참 세우는 공사가 한창이었는데, 일꾼들이 합심해서 전봇대에 밧줄을 묶고 호흡을 맞춰서 "어이 여차!" 하면서 외치는 소리에 전봇대가 조금씩 바로 서면 우리도 저 멀리서 따라 하면서 어른들을 놀렸다가 도망쳤던 기억이 있습니다.

마침내 전기가 들어오자, 정말이지 우리 할머니들은 전구에 담뱃불을 붙이려고 담뱃대를 대곤 했습니다.

신나게 놀다가 점심때가 되어 배가 꼬르륵하면 밀을 구워 먹어야 하는데 성냥이 없었습니다. 그러면 순이 집에 가서 성냥을 얻으려고 연필도 주고 하면서 굽실거렸습니다. 지금 생각하면 웃기고 유치한 일이었습니다.

한번은 꿀려 먹다가 형에게 들켰습니다. 나름대로 모범생이었던 형에게 산딸기를 따다가 주면서 "아부지께 구커지(고자질) 마라."라고 말하고 와이로(뇌물)까지 쓴 아픈 기억이 있습니다. 너무나 순박하고 때 묻지 않은 행동이었습니다.

그러나 어떻게든 집에서 알게 되었고, 그날은 집에 들어가지 않고 갑수 집의 담배굴에서 하룻밤을 지냈습니다.

그때는 서부 경남에서 잎담배 농사를 많이 지었습니다. 담배를 말리기 위해 담배굴을 만들었는데 높이가 6~7m에, 위는 덮개식으로 열고 닫히게 되어있었습니다. 담배굴은 시골에서 제일 높은 건물이었습니다.

우리 집은 담배굴이 없었습니다. 그 당시 초등학교 4학년 때 친구들과 학교를 안 가고 집에 가면 야단맞을까 봐 밤에도 집에 가지 않고 남의 집 담배굴 위에서 잠을 잤습니다.

우리 마을도 잎담배 농사를 많이 지었는데 담배를 말리기 위해서 담배굴을 여기저기에 만들었습니다. 담배를 띄울 때는 덮개를 덮었다가 다시 걷어내는데, 한불을 올릴 때는 덮개를 다시 덮어서 입담배를 건조시켰습니다.

잎담배 농사는 일손이 많이 들어가는 힘든 노동의 연속이었습니다. 그 당시 잎담배는 정부의 전매사업으로 농촌에서는 최고의 농가 소득작물이었고, 목돈을 마련할 수 있는 최고 수단이었습니다.

여름밤 담배굴 위에 몰래 올라가서 자면 거짓말처럼 여름인데도 파리, 모기가 없었습니다. 담배를 말릴 때는 매워서 누워있을 수 없습니다. 아주 건조한 데다 가마니 나무 벽돌에 담배 냄새가 배서 코가 매웠습니다.

정말 고생을 사서 했습니다. 담배굴 위에서 잔 그다음 날 방천에 나가면 동네 어른들에게 공개적으로 회초리를 맞곤 했습니다. 준이가 자기 아버지한테 많이 맞았습니다.

그 당시 더운 여름날이면 가마니 등 깔 것을 들고 방천으로 나와 놀았다. 이렇게 초등학교 4학년을 잊지 못할 아프고도 지울 수 없는 추억들이 쌓였습니다.

학교를 꿀리고 땡땡이치던 4학년을 보내고 5, 6학년을 무사히 마쳐 빛나는 졸업장을 받았습니다.

여름 방학이 오면 소에게 풀을 뜯어 먹이려고 멀리 산으로 갔습니다. 우리 동네는 분딧골, 대장골, 사니골, 뒷골, 안골, 창창골 등등 별스럽게 골이 많았습니다. 보통 분딧골 아니면 다른 골로 소 꼴을 먹이러 다녔는데, 분딧골에 가면 평평한 밭이 있어 거기서 진똘이(진놀이) 등을 하면서 놀고 전쟁놀이도 했습니다. 지금 50, 60대면 진똘이를 기억할 것입니다. 큰 돌 세 개를 20m 정도 거리를 두고 상대편을 잡으려고 뛰어다니는 놀이였습니다.

말똥구리를 잡으려고 헤매다 반쯤 마른 쇠똥을 발견하면 차서 구멍이 있는지 보고, 그 구멍에 오줌을 싸 대면 어김없이 말똥구리가 나왔습니다.

우리는 주머니에 소금을 넣어 다녔는데, 잡은 개구리의 뒷다리를 구워서 그 소금에 찍어 먹곤 했습니다. 뱀도 구워 먹고 여치, 메뚜기도 구워 먹었습니다.

6·25전쟁 때 떨어진 팔뚝만 한 포탄에서 화약을 꺼내 불을 붙이

고, 때로는 멀리 바위에 던져 "터지라!" 하고 고함을 질렀습니다. 정말 죽을 둥 살 둥 아무것도 모르고 놀던 어린 시절입니다. 요즈음 생각하면 너무 아찔하고 위험한 기억들입니다.

그 당시 그렇게 놀아도 멀쩡했던 우리 친구들은 다 천운을 타고 난 신의 아들이었고, 명당 자손이었나 봅니다.

나이 많은 동네 형들은 우리들을 불러 놓고 싸움을 시켰는데 일대일 대련이었습니다. 이렇게 대련을 붙이면 하기 싫어 도망치곤 했습니다.

소가 농약을 친 논의 물을 먹으면 소가 죽을까 봐 겁이 나서 자기도 물 한 모금 마시던 형도 있었습니다. 당시 소는 집안의 전 재산이나 다름없었습니다.

자칫 소가 죽으면 정말 큰일이 아닐 수 없었습니다. 정말 너무도 순진하고 티 없는 어린 시절이었습니다. 이렇게 늘 여름이면 같은 일들이 되풀이되곤 했습니다.

겨울 방학이면 산에 나무하러 다녔는데 주로 분딧골에 많이 갔습니다. 어른들은 야산에 나무가 없어 멀고 먼 산까지 리어카를 끌고 10리를 걸어서 나무를 하러 다녔습니다.

아버지도 먼 산으로 많이 다녔는데 내가 리어카를 많이 밀어주었습니다. 학생인 우리들도 야산에 나무하러 다녔습니다.

그 당시는 경운기가 보급되기 전이라서 소로 논, 밭을 갈았는데, 소에게 일을 시키려면 송아지 때부터 훈련을 시켜야 했습니다. 어머니는 쇠코뚜레를 바짝 잡고 아버지는 홀치(밭을 가는 농기구)를 잡아 소에게 일을 가르쳤습니다.

어떨 땐 소가 어머니 등을 세게 박아서 어머니가 아파했던 기억이 있습니다. 몇 년 동안 농사일을 하던 늙다리 소는 쟁기를 달고 멍에를 씌우면 혼자서 척척 아버지가 요구하는 데로 "이~랴!" 하면, 오른쪽으로 "자~라!" 하면 왼쪽으로, "워워!" 하면 서는 등 너무 말을 잘 들었습니다.

모내기 때면 논을 갈고 써레질(흙을 부수고 고르는 일)을 하는데 우리는 써레발 위에 올라타서 놀곤 했습니다. 요즘 아이들은 상상하지 못할 그런 놀이였습니다.

초등학교 4학년 때 우리 집은 서촌에서 동촌으로 이사를 했습니다. 우리 동네는 마을 가운데에 남에서 북으로 흐르는 큰 천이 있어서 이쪽은 동촌, 저쪽은 서촌으로 불렸습니다.

서촌 오두막에서 동촌으로 이사하면서 아버지가 의령까지 멀리 가서 제법 살았던 헌 집을 사서 목재를 가져와 그것들로 아버지가 거의 직접 집을 지었습니다.

그 당시 나무가 귀해서 헌 집의 나무를 사서 집을 짓고 흙으로 벽을 바르고 시멘트를 적당히 사용한 기와집이었습니다. 부엌 문짝은 휘어져 있었고 나무 색깔은 검은색이 배여서 시꺼멓게 변해 있었지만, 서촌에 살 때 오두막 같은 집에 비하면 궁궐 같은 집이었습니다.

그 집은 대목도 별로 쓰지 않고 아버지가 손수 벽을 쌓고 기둥도 세우고 가래도 올리고 기와지붕도 올렸습니다. 방에 구들장을 놓는 일도 아버지가 직접 했습니다. 기와를 이는 일은 여러 사람이 도왔

경비원의 사계

는데, 지붕 아래 있는 사람들이 기와를 올리고 흙을 개어 둥글게 만들어서 던져올리면 위에 있는 사람들이 받아서 가와를 이는 진풍경은 너무 재미있고 질서 정연하게 진행되어 어린 마음에도 '와 잘한다!' 하면서 놀랬던 기억이 있습니다.

요즘 같으면 인건비 많이 안 들이고 집 한 채를 아버지가 자기 손으로 지은 것입니다.

우리 아버지는 너무 부지런하고 천성이 착한 분이라 법이 필요 없는 그런 분이었습니다. 없는 살림살이에 자기가 열심히 일해야만 식구들을 먹여 살릴 수 있었고, 또 그렇게 할 수밖에 없었습니다.

수확기이면 꼭두새벽에 나가 남의 집 보리타작을 해 주고 품삯으로 보리 말을 받아오곤 했습니다.

일도 꼼꼼히 잘하는 데다가 다른 일도 못 하는 게 없었습니다. 할머니, 어머니도 모두 부지런하시고 성실해 우리에게 본보기가 되어 주셨습니다.

할아버지는 아버지가 돌을 넘기기 전에 돌아가시고, 할머니가 청상이 되어 홀로 고모님과 아버지를 어렵게 키우셨습니다. 우리 할머니는 말 그대로 이팔청춘에 홀로되었습니다. 정말 힘들고도 고된 인고의 세월을 사시다가 아흔둘에 하늘나라로 가셨습니다.

그 당시 동네에서는 최고 장수였고 장례식도 제일 크게 치렀다고 동네 어른들이 말했습니다. 정말 거대한 장례였다니, 지금도 뿌듯해집니다.

우리 동네는 두 성씨가 주로 살았는데 몇몇 돌성들은 늘 따돌림에

업신여기기를 일삼았습니다. 지금도 몇몇은 사이가 좋지 않습니다.

어릴 적에 어른들의 이해관계로 고민에 빠지곤 했습니다. 예를 들면 아버지가 동네 회의에 참석해 늦게 오면 일부로 데리러 갔는데 대문에 들어서면 누군가 아버지에게 고함을 지르고 안 좋은 소리를 했습니다. 내가 엿들어 보면 아버지가 동네에 대해 잘못된 말도 안 했는데 동네 몇 인간들은 고함을 지르기 일쑤였습니다. 정말 나쁜 사람들이었습니다.

나는 타이밍을 맞춰서 문을 확 열고 "아부지! 고모아재 오싯다!"라고 고함을 질러 대고 "집에 빨리 오래요!" 하면서 거짓말을 몇 번 한 일이 있었습니다. 그러면 어른들이 내가 커서 한번 보자고 협박도 심심찮게 했습니다. 이러면 안 된다고 말리는 아재도 있었습니다.

시간이 흘러 중학교에 들어갔습니다. 공부는 중위권에 머물렀고 여름 방학이면 소 꼴 먹이로 다니고, 겨울이면 나무하러 다니고 지냈습니다. 그 당시 공부하고는 담을 쌓았습니다.

인생을 살아오면서 중학교 시절은 별로 기억에 없는 것 같습니다. 동창 모임도 초등학교 모임이 제일 크고 정감도 많이 갑니다. 고등학교 동창은 그다음이고 중학교 모임은 아예 없습니다.

그래도 고등학교 동창은 대가리가 여물어서 많은 추억들을 가지고 있고 지금도 친구로 잘 지내고 있습니다.

이렇게 중학교를 보내고 농고에 진학했습니다. 나는 그 당시 우리끼리 말로 소 돼지 머슴학과(축산과)와 북데기학과(농업과)가 있는,

'둘안농대'로 불리던 함안종합고등학교에 들어갔습니다.

내 고향 함안은 일제 강점기 때 쌓은 둑의 길이가 전국에서제일 길었습니다. 둘안에 있는 논을 '둘안들'이라 통칭했는데, 바로 함안 평야입니다.

고등학교에 들어가서도 간간이 학교를 꿀려 먹었습니다. 어떤 날 은 가방을 짚동새(짚단을 크게 묶어 세운 것)에 쑤셔 놓고 철길로 걸어 서 군북까지 가서 막걸리도 마시고 만화방에서 만화도 보았습니다. 그 당시 이현세의 야구만화 시리즈가 유행했습니다. 흔히 클 때 한 번씩 하는 객기도 제법 부렸습니다.

고등학교 2학년 때 경상남도에서 실시하는 실기 경진대회에 학교 대표로 나갔습니다. 사천농고에서 열렸는데 거기서 우수한 성적으 로 입상해 전교생이 보는 가운데 단상에 올라가 교장 선생님으로부 터 경상남도 교육감(전천수 대독) 상을 받아 상급생으로부터 두들겨 맞는 일에서 조금 혜택을 봤습니다.

그 당시 우리는 2층, 3학년은 1층에 있었는데, 3학년 선배들이 올 라오는 날은 두들겨 맞곤 했습니다. 그때 선배들에게 많이 터졌습 니다. 2층에서 침을 뱉었다는 이유, 떠들었다는 이유 등등 귀에 걸 면 귀걸이, 코에 걸면 코걸이 참 핑계도 많았습니다.

고등학교 다닐 때 잊지 못할 추억들이 많아서 좋은 추억, 나쁜 추 억 모두 너무 우습고 재미있습니다.

함안종합고등학교를 졸업하고 진주에 있는 진주농림전문대(진주 농전)에 진학했습니다. 처음에는 경상대학교 식품영양학과에 응시

했는데 보기 좋게 낙방하고 2차로 진주농전에 들어간 것입니다. 그 당시 농전에서 경쟁률이 제일 셌습니다.

돔실에 사는 병문이와 진주시 칠암동에서 함께 자취했는데 자주 통학 열차를 이용했습니다. 마산에서 출발해서 전라도 순천까지 달리던 완행열차였습니다. 시골 열차이다 보니 재미있는 구경거리가 많았습니다. 시골에서 농사지어 자식들을 공부시킨다고 어머니들이 고무 다라이에 고추, 딸기, 오이, 가지, 고구마 줄기, 깻잎 등을 이고 와서 도시에 내다 팔려고 열차를 많이 이용했는데 열차 선반 위와 가운데 통로에 다라이가 줄을 섰습니다.

정말 정겨운 풍경이었고 힘들고 고달픈 우리 어머니들의 일상 그 자체였습니다. 모두 우리 어머니였고, 할머니였습니다. 세상살이가 다 그랬습니다. 이렇게 힘들게 자식을 키우고, 공부시키고, 결혼시키고, 열심히 뒷바라지했지만 지금 세상살이 자체는 자기 가족 하나 먹여 살리기에도 빡빡하고 처자식밖에 모르는 게 대부분의 우리 세대입니다. 나 역시 그런 종류의 인간밖에 되지 않는 게 늘 슬프고 가슴 아픕니다.

그 당시 장발이 유행이었는데 나 역시 멋대가리 없이 머리를 조금 길렀습니다. 손으로 머리를 뒤로 넘겨 가운데 가르마를 탔습니다.

자취방에 친구들이 많이 놀러 왔습니다. 늘 친구들로 북적거렸습니다. 주로 내 친구들입니다. 주변 강변길이 대나무 숲으로 우거져 있어 친구들과 술을 마시며 그 당시 유행하는 노래를 꽥꽥 불렀습니다.

"돌아서면 잊혀질까 … 눈감으면 잊을 수 있을까" 등으로 시작되는 조용필의 주옥같은 노래들이 함께 했습니다.

학교 생활 중 친한 친구들이 모여 '잔비아'라는 모임도 만들어서 만나면 막걸리에 노가리로 잔을 비웠습니다. '잔비아'는 술잔을 비워라는 뜻입니다.

못된 똥 덩어리 낙동강 치울라 간다고 못된 행동을 제법 해댔습니다. 학교 캠퍼스는 조경이 잘되어 있어서 공원 같았고 아름드리 플라타너스들은 정말 장관이었습니다.

정말 낭만은 짧고 인생은 길다고 2년을 너무 빨리 신기루처럼 보냈습니다.

학교 졸업 후 바로 영장이 나와 속된 말로 개가 끌려가듯 입대했습니다. 때는 이른 봄 아직 잔설이 달리는 입영열차를 반기듯 산 언덕배기에 남아 있고 열차 타고 가면서 푸닥거리 몇 번 하고 논산훈련소에 입소하니 너무 허망하고 서글퍼서 남몰래 울기도 했습니다.

말 그대로 내 몸뚱어리와 정신은 이제 나라 것이 되어 현재의 삶을 전부 다 빼앗겼습니다. 훈련장은 황토밭이라 날씨가 풀리면서 땅이 녹아 질퍽질퍽한 연병장을 기어 다녔고 각개 전투장으로 가는 고개는 이름 그대로 눈물고개였습니다.

각개전투에 낮은 포복, 높은 포복으로 무릎과 팔꿈치가 까지고 벗겨지면서 고향 생각에 눈물을 흘리고 부모님 생각에 눈물을 흘리고 몸과 마음이 힘들어서 또 한없이 눈물을 흘렸습니다. 솔직히 남자도 많이 웁니다. 남자가 세 번 운다는 말은 거짓말입니다.

어찌 200㎞ 행군 후 발바닥 물집을 보면서 서정을 생각할 수 있겠습니까! 어쩔 수 없이 몸에 밴 욕설로 음담패설을 논하면서 그녀의 변심을 탓하겠습니까! 모두가 생각해 보면 군대가 죄인 것입니다.

졸병 때는 빵빵이 돌고, 고참 때는 빵빵이 돌리고 하는 게 당시 군대였습니다. 졸병 때는 터지고 고참 되면 때리고….

군대에서 자주 쓰는 말 중에 "휴가는 꿈이요. 제대는 전설이다." 라는 명언이 있습니다. 이렇게 힘들게 한 군대도 세월의 허락을 받아 군 30개월을 무사히 마쳤습니다. 군 5대 장성 중에 병장으로 만기 전역했습니다.

주당이 술 못 먹는 한恨 그 어디에 비길 것이면, 열혈남아가 여자를 못 보는 마음 얼마나 안타까웠겠습니까. 남자로서 군대만 제대하면 모든 게 잘 풀릴 줄 알았던 사회생활은 정말 만만한 상대는 아니었습니다.

1985년 7월 25일 만기 전역 후 함안군청에 들어가 양정계에 근무했습니다. 약 2년 정도 일하다가 그만두고 부산으로 올라왔습니다. 두 번째 직장은 유통회사였습니다. ㈜서원유통에 입사해 슈퍼마켓 매장 근무를 시작해서 여러 담당을 거쳤습니다.

그 당시 전화로 손님이 주문한 상품들을 배달했는데, 업체들끼리 경쟁이 과열되면서 라면 몇 개에 생리대까지 배달할 지경이 되었습니다. 좁은 골목길로 배달하다가 오토바이가 넘어져 술을 왕창 깨어 먹고 다시 갖다주었던 아픈 기억들이 떠오릅니다. 쌀 배달로 부엌까지 가서 쌀통에 쌀을 부어 주었던 일도 있었습니다.

한번은 손님이 전화로 소꼬리 있느냐고 물었는데 전화 받은 사람이 "뭐예, 소쿠리예?" 하고 물으니 "아니 소꼬리요!"라고 해도 소쿠리는 시장에 있다고 전화를 끊었습니다. 그 손님이 직접 매장을 찾아와 정육 코너에서 소꼬리 찾아 물어서 사 갔습니다. 이 이야기가 점장 귀에 들어가 직원들이 포복절도할 정도로 웃었습니다.

그 사람 이름이 김상태인데, 별명이 혼수상태였습니다. 나를 형님, 형님 하면서 많이 따랐습니다. 또 한 사람은 오토바이를 새것으로 바꿨는데 그날 배달 중에 예쁜 아가씨의 뒤태를 보다가 전봇대에 부딪치는 바람에 오토바이를 수리했습니다.

정말 잊지 못할 추억들이 많습니다. 지금도 그 친구들과 소통하고 있습니다.

나는 야채 담당, 생선 담당, 양곡 담당, 정육 담당을 거쳐 주임 부점장, 유통의 꽃이라 불리는 슈퍼마켓 체인 직영 점장까지 진급했습니다. 힘든 유통 업계이지만 정말 재미있게 회사생활을 열심히 했습니다.

창립 기념일에 모범상도 서너 번 받았습니다. 자고로 큰 별은 일찍 떨어지는 법이고, 일찍 핀 꽃도 일찍 지는 법이고, 반딧불은 오래도록 깜박거리는 것이 세상의 몹쓸 이치입니다.

우리 세대가 세상을 잘못 타고난 것 같습니다. 흔히들 말하는 베이비붐 세대가 우리입니다. 한창 일할 나이에 IMF 사태를 맞아서 화이트칼라로 불리는 은행원들의 정리해고, 실직자 급증, 노숙자 발생, 취업대란, 비관 자살 등등 수많은 수식어가 정말 듣기 싫을 정도로 매일매일 헤드라인 뉴스를 장식했습니다.

그래도 어쩔 수 있겠습니까. 처자식은 먹여 살려야 하고 대문 밖이 저승이라고 해도 또 밥벌이에 오늘도 구두끈을 다시 묶습니다.

아침 일찍 별을 보고 회사에 나갔다가 저녁달을 보고 집구석이라고 찾아옵니다. 정말 나라가 잘되어 우리 아들딸 모두가 잘 지내고 행복한 가정을 이루고 잘살았으면 하는 바람뿐입니다.

정말 힘든 세상입니다. 코로나19가 3년째 지속되면서 기업도 가정도 너무 힘듭니다.

대기업도 대졸 신입사원을 안 뽑는다고 하니 정말 걱정입니다. 요즘 세대를 흔히들 3포 세대(연애, 결혼, 출산 포기)도 모자라 6포 세대(3포에 덧붙여 취업, 대인관계, 내 집 마련 포기)라고 합니다. 나도 이렇게 직장생활을 하면서 아들딸을 키워내고 힘들게 삽니다.

트로트 황제 나훈아 씨의 노랫말처럼 정말 "세상이 왜 이래!" 하고 혼잣말로 외칩니다. 이렇게 허리가 휘고 등골이 빠질 정도로 빡빡 기었는데 앞이 안 보입니다.

깜깜한 동굴 속에 간힌 기분입니다. 남이 알아주든, 안 알아주든 정말 열심히 살았다고 자부합니다. 그래서 더 서글프기만 합니다.

올해 임인년은 '검은 호랑이해'입니다. 나도 마침내 육십갑자를 한 바퀴 돌았습니다. 옛날 같으면 환갑이라고 큰잔치를 벌였을 텐데, 요즘은 환갑을 그냥 생일날처럼 보냅니다.

세상은 늘 삶의 무게를 강요하지만 나 스스로는 임인년을 뜻깊게 보내고 싶습니다. 그리고 지금, 이 순간을 만족하면서 초심으로 살아가려 합니다.